KB262438

杜甫 七言律詩 平仄兩用字에 對한 研究

陳甲坤 著

韓國學資料院

杜甫 七言律詩 平仄兩用字에 對한 研究

초판 인쇄 2025년 8월 20일
초판 발행 2025년 8월 25일
펴낸이 윤영수
펴낸곳 한국학자료원
저자 陳甲坤
출판등록 제312-1999-074 호
주소 서울특별시 구로구 개봉본동 170-30
이메일 yss559729@naver.com
전화 02-3159-8050 팩스 02-3159-8051
값   25,000원
ISBN - 979-11-7417-035-4

* 이 저서는 2022년도 대한민국 교육부와 한국연구재단의 지원을 받아 수행된 연구임(NRF-2022S1A5B5A17046718)

서　문

　金聲玉振은 맹자가 공자를 두고 여러 성인들의 특성을 한 몸에 모두 갖추어 크게 이룬(集大成) 분이라고 할 때 비유한 말이다. 集大成이란 흩어져 있는 훌륭한 사상이나 지식 등을 모아 완전한 형태로 만들어 내는 일이다. 紀昀은 杜甫의 작품을 ‘집대성’으로 평가하였다. 이는 唐詩의 내용이나 형식 풍격을 한데 모아 완전한 체계를 이루었다는 찬사이다. 또 沈德潛은 두보를 ‘一代詩宗’이라 극찬하였다.

　필자가 저 巍巍한 詩聖을 가까이 한 지도 벌써 30여 년의 세월이 흘렀다. 젊은 시절 당대 최고의 학자인 故 春山 李相學 선생님을 찾아뵙고 杜律을 배우기 시작하면서 깊이 빠져들었다.

　그러다 외람되게 아예 번역까지 해 보자는 마음을 먹고 조금씩 준비하다 마침내 20년 전 그 일부를 출판까지 하게 되었다. 그러나 그 뒤로는 계속 만지작거리다 말았다. 10여 년의 세월이 또 흘렀다. 그새 몇 번의 두율 강의까지 거쳤으나 여전히 출판에 대한 의지는 오리무중이었다.

　그러는 동안 明淸시대 학자들의 많은 주석서까지 書架에 차곡차곡 쌓이면서 작업에 상당한 진전이 있기는 하였으나 문제는 마음에 변화가 없다는 점이었다. 세월이 가면서 한 수 한 수에 대한 주석만 자꾸 늘어 지금은 거의 3천 페이지가 넘을 지경이라 이제는 읽기조차 버거운 분량이 되어버렸다. 그러다 뜻밖에 연구재단의 도움을 받아 마침내 수십 년 작업의 결론을 내지 않을 수 없게 되었다.

본 연구는 시성 두보가 남겨준 一顆 落穗에 지나지 않는다. 지난 세월 오랫동안 번역하면서 주워 모은 낙수만으로도 추후 일련의 上梓는 차고도 넘칠 것만 같다.

우선 첫 번째로 두율의 형식을 다룬 작업이 바로 이것이다. 다음은 詩格에 대한 연구가 이어질 것이고, 그 다음은 해석의 다양성을 파헤치는 장이 펼쳐질 것이다. 그리고 마지막으로 지금까지 번역하고 주석한 주해서를 내면서 연구를 마무리할까 한다.

지금도 50여 권의 두시 관련 典籍들이 컴퓨터 속에 무겁게 자리 잡고 있다가 전원만 켜지면 네 개의 모니터에 제각각 등장하여 노안을 시리게 한다. 그래도 늘그막까지 좋아하는 일로 한평생 연구의 종지부를 찍을 수 있음에 기꺼워하며 남은 힘을 쏟아부으려 한다.

끝으로 아무런 이익이 되지 않을 학술서적인데도 흔쾌히 출판을 허락해 준 서울 한국학자료원 윤영수 대표님께 진심으로 감사를 드린다.

2025. 8. 10
가야산 자락에서 陳 甲 坤 識

● 서 문

1. 연구의 목적

본 연구의 목적은 杜甫의 七言律詩 151首에 적용된 8,456자 가운데 平仄兩用字(혹은 平仄兩讀字)를 찾아 그 聲調를 명확히 구분하고 확정함으로써 두시의 형식과 내용을 올바르게 이해하고자 함에 있다. 詩語의 평측을 잘못 읽으면 형식이 달라짐은 물론이고 시의 의미까지 달리 해석될 수 있기 때문에 성조의 구분은 매우 중요한 문제가 아닐 수 없다. 여기서 평측양용자라 함은 같은 字가 ① 平仄은 서로 다르게 읽지만 그 의미는 같은 글자(平仄異讀同義), ② 平仄도 다르게 읽고 의미도 다른 글자(平仄異讀異義), ③ 平仄도 다르게 읽고 독음과 의미도 다른 글자(平仄異讀異音義)와 같은 세 가지 경우의 글자를 뜻한다.

일찍이 黃子雲은 "두보의 5언율시와 5·7언고시는 당대의 제가들에게도 또한 각기 미칠 만한 작품이 한두 편씩은 있지만, 7언율시는 아래위로 천년 동안 비교할 만한 것이 없다."[1]고 하였고, 또 王嗣奭은 "소릉의 칠언율시는 백대에 군림하며 심지어 이태백도 미칠 수 없다"[2]고 말하였듯이 그의 7언율시는 巍巍한 최고의 정점에 있다고 하겠다. 그러나 이러한 위치도 짧은 시간에 이루어진 것이 아니었다.

두보는 자식을 가르칠 때도 '시는 우리 집안의 가업이다(詩是吾家事, 「宗武生日」)', '싯구를 찾으며 새로 격률을 이해하게 된다(覓

---

[1] 黃子雲 『野鴻詩的』： 杜之五律, 五七言古, 三唐諸家。亦各有一二篇可企及。七律則上下千百年無倫比.

[2] 王嗣奭 『管天筆記外編』： 少陵 七言律 在盛唐諸公中為最多 能于規矩繩墨中 錯以古調 如生龍活虎 不可把捉 自可雄視百代 即太白不能及也.

句新知律, 「又示宗武」)'라며 자긍심을 가지고 창작에 노력하라 하였고, 다른 사람과의 교류에서도 '다시 한 번 글을 함께 자세히 논해 볼꼬(重與細論文, 「春日憶李白」)', '시를 쓰면 자세히 논하기 좋은 때이다(題詩好細論, 「弊廬遣興奉寄嚴公」', '좋은 시구 그 법이 어떠한가요(佳句法如何, 「寄高三十五書記」)'라며 상대의 시법을 함께 고민하고 또 궁금해했다. 그 자신은 37세에 이미 '글을 읽어 일만 권을 독파(讀書破萬卷, 「奉贈韋左丞丈二十二韻」)'하였고, 50세에 이르도록 '시어가 남을 놀래키지 않으면 죽어서도 그치지 않으리(語不驚人死不休, 「江上値水如海勢聊短述」)'라며 노력한 결과 마침내 56세 기주 시절에는 '늘그막에 점점 시율이 섬세해졌다(晚節漸於詩律細, 「遣悶戲呈路十九曹長」)'고 하였다. 이처럼 끊임없는 노력의 결과 마침내 두보의 칠율은 文質이 가장 完整하게 되어 천여 년 이상 學詩者의 典範으로 추앙받게 된 것이다.

두보의 七律을 살피기에 앞서 먼저 칠언율시의 형성 배경부터 보기로 한다. 칠언시는 楚辭에서 그 형식이 처음 등장하였고,3) 이후에 張衡(78~139)의 「四愁詩」와 曹丕(187~226)의 「燕歌行」가 나와 비록 초사의 형태에서 벗어나진 못했으나 완정한 칠언시의 면모를 갖추게 되었다. 이 두 작품은 매구에 압운하여 압운법의

---

3) 七言詩의 기원에 대해서 文學史家의 입장은 대체로 셋으로 나뉜다. 하나는 楚辭로부터 유래했다는 「楚辭說」이고, 다른 하나는 民間歌謠로부터 발전했다는 「歌謠說」이며, 마지막 하나는 위의 두 가지 설을 다 인정하는 「折衷說」이다. 이 가운데 「楚辭說」은 劉勰을 필두로 하여 胡應麟, 顧炎武 등이 주장한 전통적인 학설이다. 漢代 文人의 七言詩에 '兮'자가 쓰이고 있는 것으로 보아 이는 「離騷」의 대표적 형식인 「□□□○□□□兮」형이나 「九歌」의 「□□□兮□□□」형과 「□□□□兮□□」형 등에서 '兮'자의 위치에 實辭가 대치되어 七言으로 탈바꿈했다는 것이다.(김준연, 『당대칠언율시 연구』(역락, 2004), p.24).

정형으로 자리잡게 되었다. 六朝에 들어 鮑照(414~466)는 「擬行路難」에서 隔句 押韻을 시도하였고, 蕭子顯(487~537)의 「春別四首(2)」, 陳後主(553~604)의 「玉樹後庭花」는 平聲韻으로 격구 압운한 七言 6句體의 비교적 칠언율시에 가까운 작품을 남겼다. 庾信(513~581)의 「烏夜啼」와 隋煬帝(569~618)의 「江都宮樂歌」는 七言8句體의 篇章形式이 정제되었으며, 당대 초기에 陳子良(575~632)의 「於塞北春日思歸」과 太宗(598~649)의 「餞中書侍郎來濟」에 이르러 전편이 모두 律句로 이루어진 작품이 나오게 되었다. 黏對의 格律까지 완성되어 본격적인 칠언율시가 나온 것은 杜審言(645~708)의 「大酺」로부터 비롯된다. 아울러 沈佺期(656~714)가 七律 16首, 宋之問(656~713)이 4首를 창작하여 진일보 발전시킴으로써 마침내 定型을 이루었다.

특히 두보의 조부 두심언이 지은 「大酺」는 聲律, 對仗에 있어서도 일반적인 칠언율시의 格式과 일치하여 唐代 최초의 칠언율시라 할 수 있다.

> 毘陵震澤九州通 ○○○●●●◎
> 毘陵(常州市)의 震澤(太湖)은 천하와 하나로 통하여
> 士女歡娛萬國同 ●●○○●●◎
> 백성들의 기쁨을 온 나라가 함께 하네
> 伐鼓撞鐘驚海上 ●●○○○●●
> 북 치고 종을 울리니 바다까지 놀라게 하고
> 新妝袨服照江東 ○○●●●○◎
> 새로 단장하고 고운 옷 입으니 장강 동쪽을 비추는 듯
> 梅花落處疑殘雪 ○○●●○○●
> 매화 떨어지는 모습은 남은 눈인가 의심하고
> 柳葉開時任好風 ●●○○●●◎
> 버들잎 싹틀 무렵에는 좋은 바람이 불어오리라

火德雲官逢道泰 ●●○○○●●
왕조(周)의 덕과 백관들로 태평성대를 만나
天長地久屬年豐 ○○●●●○◎
하늘과 땅처럼 영원히 해마다 풍년이 들리라

이 시는 武后 天授 원년(690) 두심언이 晉陵郡 江陰縣에서 벼슬할 때 무후가 국호를 周로 바꾸면서 特賜를 내리자 그 공덕을 칭송한 것이다. 황제의 명을 받들어 짓는 응제시임에도 불구하고 상투적인 표현을 벗어났다는 내용보다도 평측의 격식이 완전한 근체시를 이루고 있어 이를 최초의 칠언율시라 해도 무방할 것이다.4)

이들과 한 세대 뒤에 활동하기 시작한 두보는 이미 엄정해진 율시의 格式에다 스스로 밝힌 것처럼 '語不驚人死不休'를 실천하기 위해 일평생 一字조차 雕琢에 골몰하였다. 그는 28세, 35세에 七律 한 수씩 지었고, 43세 이후에는 44~45세 때 어린 자식이 굶어 죽고('幼子飢已卒', 「自京赴奉先縣詠懷五百字」), 安史의 난이 발발한('豺狼在邑龍在野', 「哀王孫」) 시기와 48세 華州司功參軍을 사직하고 秦州·同谷으로 옮겨다니던 시기를 포함한 3년을 제외하고는 59세 세상을 떠날 때까지 한 해도 거르지 않고 七律을 창작해왔다. 특히 夔州에 머물던 55~56세에는 무려 59수나 지어 '晚節漸於詩律細'를 실감케 하였다. 그렇게 두보가 일평생 지은 칠언율시는 모두 151수이다. 학자에 따라 조금씩 차이는 있었지만5) 이미 151수로 굳어진 형세이다.

---

4) 김준연, 전게서, pp.24~68.
5) 『杜律演義』(張性), 『杜律虞註』(虞集), 『讀杜心解』(浦起龍)에는 151수다. 그런데 『杜律集解』(邵傅), 『杜律詳解』(津阪東陽)에는 이 가운데 몇 편이 빠져 있다. 또 『瀛奎律髓』(方回)에는 159수, 『集杜詩』(文天祥)에는 155首라 하였다.

2. 기존 연구의 검토

평측양용자에 대한 언급은 王力이 聲調 변별의 중요성을 강조하면서 주로 唐詩에서 용례를 찾아 65字를 나열한 데서 비롯된다. 五言 杜詩가 용례의 주류를 이루지만 이 가운데 칠률에 대한 언급도 간혹 보인다.[6]

그러나 칠률을 오로지 언급한 이는 簡明勇이다. 그는 「杜甫七律中的平仄異讀字」라 하여 ① 平仄異讀義同例 5자, ② 平仄異讀異義例 18자를 열거하고 해당 詩句 2~7개씩 예로 들고 있다.[7]

(1) 平仄의 誤謬

두시의 내용에 대한 연구는 그 수를 헤아릴 수도 없이 많지만 형식에 대한 연구는 손에 꼽을 정도이다. 이 가운데 평측에 대한 언급은 주로 拗體를 설명하는 글에 집중되어 있다. 그런데 평측을 잘못 알고 논술한 글들이 눈에 많이 띈다.

簡明勇은 칠률 151수를 주해하면서 글자 우측에 平仄을 標示해 놓아 시를 이해하는 데 큰 도움이 되고 있다. 그러나 세밀히 검토해 보니 많은 곳에서 오류가 발견되었다. 그 가운데 몇 개를 예로

---

6) 王力 : 『漢語詩律學』 제1章 12節 「聲調的辨別」 pp.131-142, 1958. (1) 意義不變 : 看, 過, 望, 忘, 聽, 醒, (2) 意義及平仄不同 : 中, 重, 雍, 從, 供, 離, 吹, 騎, 爲, 施, 治, 思, 衣, 汚, 疏, 分, 殷, 聞, 論, 觀, 冠, 判, 翰, 難, 間, 先, 燕, 扇, 便, 扁, 傳, 旋, 要, 調, 燒, 敎, 荷, 那, 頗, 和, 華, 行, 王, 浪, 傍, 當, 强, 長, 相, 正, 令, 興, 勝, 乘, 稱, 不, 任, 禁, 占.

7) 簡明勇, 『杜甫七律研究與箋注』(臺灣五州出版社, 1973), pp.107-112.

들어보기로 한다.

   ① 普天無吏橫索錢 ●○○●○●○[8)

    온 천하의 관리들이 제멋대로 세금 걷지 못하게 할까?

                     - 『杜詩詳註』[9) 권18「晝夢」⑧ -

  '橫'자는『廣韻』,『集韻』에 따르면 平聲 庚韻, 去聲 漾韻(혹은 敬韻), 上聲 養韻의 세 가지로 읽는데, '거스르다(不順理也)', '放恣하다', '제멋대로', '橫暴', '橫逆'의 뜻은 去聲이다. '가로', '가로지르다', '縱橫으로'는 平聲, '기운이 충만하다'는 上聲으로 쓰인다. 이 시에서 '橫'자는 '비뚜로', '제멋대로'의 뜻이므로 去聲으로 읽어야 한다. 仇兆鰲도『杜詩詳註』에서 去聲이라고 標示하고 있다.

   ② 予見亂離不得已 ●●●○●●●

    나는 난리를 당해 어쩔 수 없었으나

                     - 권20「覃山人隱居」⑤ -

  '予'자는 平聲 魚韻, 上聲 語韻으로 쓰이는데, 여기서 '予'자는

---

8) 간명용, 전게서, ① p.178, ② p.189, ③ p.207, ④ p.222, ⑤ p.239. 원본에는 平聲(一), 仄聲(丨)으로 표시한 것을 필자가 임의로 평성(○) 측성(●)으로 수정하였다.

  崔南圭,「杜甫律诗的类型以及对于中韩诗人的影响」(南京大 박사논문. 2000)에도 151수 전체에 대해 1a, 2b, 3a, A0, A4 식의 大號를 사용하여 평측을 제시하였는데, ④는 a2, ⑤는 a4라 하여 간명용과 다르게 보았고, 나머지는 ① 11c, ② d0, ③ 3a로 같은 성조로 봤다.

  김준연(전게서, p.218)도 '橫'자를 平聲으로 보고 서술하였다.

9) 본문의 텍스트는 仇兆鰲의『杜詩詳註』를 底本으로 한다.

‘나(我也)’의 뜻이므로 平聲으로 읽는 것이 옳다. 上聲으로 읽으면
‘주다(賜也)’의 뜻이 된다.

③ 已入風磴霾雲端 ●●○○○○○
　구름 끝에 파묻힌 바람 부는 돌계단에 이미 들어섰네
- 권1 「鄭駙馬宅宴洞中」⑥ -

‘磴’(돌다리) 자는 『廣韻』, 『集韻』, 『正韻』에 모두 去聲 徑韻이라
하였다.

④ 長年三老遙憐汝 ○○○○●○○●
　뱃사공과 키잡이가 멀리서 너(의 솜씨)를 어여뻐 여기니
- 권14 「撥悶」⑤ -

‘長’자는 平聲 陽韻, 上聲 養韻(어른, 연장의 뜻), 去聲 漾韻으로
읽는다. 陸游의 「入蜀記」에 보면, “(長年의) ‘長’은 長幼의 ‘長’字와
같이 읽는다”[10]고 하여 이때의 ‘長’자가 상성임을 지적하고 있다.
‘長年’은 경험과 나이가 많은 뱃사공을 일컫는 말로, 上聲으로 읽
어야 한다.

⑤ 爾家最近魁三象 ○○●●○○●
　그대 집안은 斗魁 아래 三台와 가장 가깝고
- 권23 「贈韋七贊善」③ -

---

10) 陸游 『入蜀記』 卷五 : 問何謂 ‘長年三老’ 云梢公 是也 ‘長’ 讀如長幼之長.

'爾'자는 平聲으로 읽는 예는 없고, 上聲 紙韻 혹은 上聲 薺韻으로 읽는다.

이처럼 평측이 뒤바뀌면 시의 格式은 물론 詩意도 달라질 수 있으므로 주의해서 봐야 한다. 평측양용자의 평측 구분은 사성체용과 같은 격식에도 영향을 미친다.

(2) 四聲遞用

사성체용은 音律의 단조로움을 피하기 위해 1, 3, 5, 7구의 末字에 '평상거입'의 사성을 골고루 체용한 형태를 말한다. 사성체용이 되기 위해서는 平聲이 필수적이므로 당연히 首句에 入韻을 한 시만 이에 해당될 수 있다. 두보 칠률 가운데 수구입운시는 모두 116수이다.

簡明勇은 이 가운데 사성체용한 시는 ① <평상거입> 7수, ② <평상입거> 10수, ③ <평거상입> 11수, ④ <평거입상> 8수, ⑤ <평입상거> 11수, ⑥ <평입거상> 9수로 전체 56수라고 하였다. 그러나 필자가 그의 논술을 근거로 자세히 검토해 보니 실제는 54수였다.

①에서 6번째 예로 든 「院中晚晴…」은 사실 <평입상거>로 ⑤에 들어가야 한다. 그런데 ⑤에도 동일한 제목이 들어있으니 중복한 셈이다. 그 자리에는 <평상거입>인 「諸將五首(2)」가 들어가야 하는데 이것이 누락된 것이다. 빠트리고 중복하는 오류를 범했지만 전체 횟수는 변동이 없다.

그리고 ②에서 든 「望嶽」은 出句의 末字가 '尊, 杖, 路, 後'인데

이는 <평상거상>으로 읽어야 하므로 사성체용이 아니다.

또 ⑤에서 든 「覃山人隱居」은 出句의 末字가 '星, 菊, 已, 覆(복)'인데 이는 <평입상입>으로 읽어야 하므로 역시 사성체용이 아니다. '覆'자를 거성(宥韻) '부(蓋也)'자로 읽은 데서 나온 오류이다.

그러므로 그가 체용으로 잘못 본 「望嶽」, 「覃山人隱居」 2수를 빼면 두보 칠률 151수 중 사성체용은 54수가 되는 셈이다. 글자의 평측을 誤讀해서 일어난 일이다.

그런데 사성체용은 이것이 전부는 아니다. 몇몇 작품들 중 여기에 포함되지 않은 것이 있다.

① 누락된 1수
「諸將五首(3)」 각 出句의 末字 : '烽, 貢, 補, 國'
☞ 平(冬) 去(送) 上(麌) 入(職) : 사성체용이다. 이 시가 누락되었다 하더라도 「院中晚晴…」이 중복되어 계산되었으니 전체 54수에는 변함이 없다.

② 원본에 따라
㉮「簡吳郎司法」 각 出句의 末字 : '州, 豁, 曉(一作 曙), 地'
　　☞ 平(尤) 入(曷) 上(篠)(一作 去(御)) 去(寘)

이 시의 제5구는 원본에 따라 '雲石熒熒高葉曙'[11] 또는 '雲石熒熒高葉曉'[12]로 다른데, 末字가 '曙'(去聲 御韻)자가 되면 각 出句의 末字는 '平入去去'가 되지만, '曉'(上聲 篠韻)자가 되면 '平入上去'로

---

11) 『구가집주두시』, 『杜詩詳註』, 『杜工部詩集輯注』, 『讀杜心解』.
12) 『分門集註杜工部詩』, 『杜律演義』(『虞註杜律』), 『보주두시』, 『집천가주』, 『두시언해』, 『분류집주』.

사성체용이 된다.

㉯ 「玉臺觀二首(1)」 각 出句의 末字 : '遙, 鼓, 窟, 翰(一作 翼)'
☞ 平(蕭) 上(麌) 入(月) 去(翰)(一作 入(職))

이 시의 제7구는 원본에 따라 '更有紅顔生羽翰'13) 또는 '更有紅
顔生羽翼'14)으로 다른데, 末字가 '翼'(入聲 職韻)자가 되면 각 出句
의 末字는 '平上入入'이 되고, '翰'(去聲 翰韻)자가 되면 '平上入去'
로 사성체용이 된다.

㉰ 「狂夫」 각 出句의 末字 : '堂, 靜(一作 淨), 絶, 放' ☞ 平(陽)
上(梗)(一作 (敬)) 入(屑) 去(漾)

이 시의 제3구는 원본에 따라 '風含翠篠娟娟靜'15) 또는 '風含翠
篠娟娟淨'16)으로 다른데, 末字가 '淨'(去聲 敬韻)자가 되면 각 出句
의 末字는 '平去入去'가 되고, '靜'(上聲 梗韻)자가 되면 '平上入去'
로 사성체용이 된다.

③ 字義에 따라

「野老」의 제3구 '漁人網集澄潭下'에서 '下'자를 '(그물을) 내리다,
치다'17)는 뜻으로 보면 去聲 禡韻이 되고, '아래'18)의 뜻으로 보면
上聲 馬韻이 된다. 따라서 이 시의 각 出句의 末字인 '廻(平(灰)),
下, 閣(入(藥)), 郡(去(問))'에서 '下'자를 어떻게 해석하느냐에 따라

---

13) 『分門集註杜工部詩』, 『杜律演義』, 『구가집주두시』, 『보주두시』, 『집천가주』,
　　『두시언해』, 『분류집주』.
14) 『두시상주』, 『杜工部詩集輯注』, 『讀杜心解』.
15) 『分門集註杜工部詩』, 『구가집주두시』, 『보주두시』, 『집천가주』, 『두시언해』,
　　『杜工部詩集輯注』.
16) 『杜律演義』, 『두시상주』, 『분류집주』, 『瀛奎律髓』, 『讀杜心解』.
17) 『두시상주』, 『두시경전』 : 下, 謂下網也.
18) 『두시언해』 : 고기 자볼 사르믹 그므른 몰곤 못 아래 모댓고.

'평거입거'가 될 수도 있고, '평상입거'의 사성체용이 될 수도 있다.

　결론적으로 누락된 「諸將五首(3)」 1수는 전체 숫자에는 변함이 없으니 그대로 두더라도 원본에 따라 글자가 다른 3수 「簡吳郎司法」, 「玉臺觀二首(1)」, 「狂夫」를 합치면 57수가 된다. 또 해석에 따라 四聲이 다른 「野老」 1수를 첨가하면 전체 58수가 된다.

　여기에 또 하나 덧붙이면 音義에 따라서도 달라질 수 있다.

　㉮ 「章梓州橘亭餞成都竇少尹得凉字」의 제3구 '主人送客何所作'의 경우 '作'자를 '자·주'로 읽고 '만들다, 하다'는 뜻으로 '做'자와 같다[19]고 보면 이때는 去聲 箇韻이 되어 각 出句의 末字인 '香, 作, 別, 兆'는 '평거입상'으로 사성체용이 되지만, 만약 '짓다, 하다'의 뜻인 '작'자로 읽으면 入聲 藥韻이 되어 '평입입상'이 되고 만다.

　㉯ 「覃山人隱居」의 제7구 '高車駟馬帶傾覆'의 '覆'자를 '뒤집히다. 무너지다, 반복하다'는 뜻인 '복'으로 읽으면 入聲 屋韻이 되고, 앞서 언급한 것처럼 '부'로 읽으면 去聲 宥韻이 된다. 후자로 읽으면 각 出句의 末字인 '星, 菊, 已, 覆'는 '평입상거'의 사성체용이 되지만, 전자의 뜻으로 읽으면 '평입상입'이 되어 체용이 아니다.

⑶ 平起式 仄起式

　칠언율시에서 평기식을 正格이라 하고 측기식을 偏格이라 하는데 두보 칠률에서는 평기식이 71수이고 측기식이 80수로 측기식이 조금 많은 편이다. 그런데 평측양용자의 平仄이나 字義에 따라 그 格式이 달라질 수도 있다.

---

19) 『康熙字典』: 今方音作讀佐 俗用做.

① 「十二月一日三首(三)의 제1구 '卽看燕子入山扉'의 제2자 '看'은 音義가 동일하지만 율시 전체의 聲律에 따라 平聲 寒韻이 되기도 하고 去聲 翰韻이 되기도 한다. 즉 '看'자를 어떻게 읽느냐에 따라 평기식이 될 수도 있고 측기식이 될 수도 있다는 것이다.

② 「題鄭縣亭子」의 제1구 '鄭縣亭子澗之濱'의 '縣'자는 平聲 先韻으로 읽으면 '매달다(懸)'는 뜻이고, 去聲 霰韻으로 읽으면 '고을'의 뜻이 된다. 이 시는 대부분 후자의 뜻으로 보는데, 혹자는 縣도 郡에 매여 있는 행정 단위이므로, 懸과 같은 뜻으로 보고 平聲으로 보기도 한다[20]. 이처럼 音義에 따라 평기식으로 볼 수도 있고 측기식으로 볼 수도 있다.

⑷ 拗體

拗는 일반적으로 규정된 평측의 격식과 부합되지 않는 경우를 말한다. 앞에서 平聲을 써야 할 자리에 측성을 썼으면 뒤에서 반드시 측성을 써서 이를 救해 주어야 병이 되지 않는다. 그 반대의 경우도 마찬가지이다. 두보의 칠률 가운데 이에 해당되는 작품은 拗의 정도를 가늠하는 연구자의 시각에 따라 39수(陳甲坤), 26수(鄺健行), 18수(金啓華)로 그 숫자가 다르게 나타나는데,[21] 요체의 예를 하나 들어보면 다음과 같다.

遠在劍南思洛陽　●●●○○●○

---

20) 『釋名』縣, 懸也, 懸係于郡也.
21) 김준연, 전게서, p.160.

멀리 검남에 와 있으면서 낙양을 생각하노라

– 권14 「至後」② –

이 구는 제3자에 平聲을 써야 하는데 측성자를 썼으므로 제5자에 반드시 平聲을 써서 구해주어야 한다. 劍南의 '劍'字는 仄聲字(去聲 豔韻)이므로 원래 마땅하지 않으나 '劍南'이 地名이므로 다른 글자로 대체하기가 어렵다. 이 때문에 이를 바꾸기 보다 오히려 仄聲字가 들어가야 할 제5자에 平聲인 '思'자를 쓰는 것이 쉬우므로 이를 써서 救한 것이다. 그런데 만약 제5자에 平聲字 대신 仄聲字를 쓰게 되면 孤平을 免하지 못하고 만다. 제5자인 '思'자는 '생각하다'는 平聲 支韻이고, '생각, 의사'는 去聲 寘韻의 평측양용자인데, 이 시에서는 전자의 뜻으로 쓰였다.

'思'자가 두보 칠률에서 平聲으로 쓰인 예는 9수나 되지만, 去聲으로 쓰인 예는 '知君苦思緣詩瘦'(「暮登四安寺鐘樓寄裴十迪」⑦) 하나 뿐이다. 그러나 두시 전체에서 去聲의 용례는 30 수에 달한다.

이처럼 평측양용자는 활용에 따라 요체를 이루기도 하여 통상적인 율시의 격식이 되기도 한다.

(5) 기타 格式

칠률에는 이 밖에도 一三五不論, 二四六分明, 下三連 등등의 까다로운 격식이 많이 있지만 올바른 평측 인식의 중요성을 위해 하나만 더 들어보기로 한다.

富山敦史는 '花氣渾如百和香'(「卽事」④)을 ○●○○●○○ 이라 하여 제6자 '和'자를 平聲으로 보고 이 구를 孤仄으로 보았다. 또 '遣

騎安置瀼西頭’(「簡吳郎司法」②)는 ●○○●○○○ 라 하고 下三平이
라 하였다.22)

　그런데 百和香의 ‘和’자는 平聲 歌韻일 때는 ‘순하다’, ‘화합하다’,
‘中和’의 뜻이고, 去聲 箇韻일 때는 ‘화답하다’, ‘곡조’, ‘섞다’, ‘더하
다’는 뜻이다. 百和香은 각종 향료를 섞어서 제조한 향이므로, 和
자는 平聲이 아닌 去聲으로 봐야 한다. 『두시상주』에도 去聲으로
표시되어 있다. 따라서 이 구는 ○●○○●●○이 되어 孤仄이라 할
수 없다.

　또 遣騎의 ‘騎’자는 ‘騎兵’, ‘騎馬’의 뜻은 去聲 寘韻이고, ‘말을
타다’는 平聲 支韻이다. 이 시에서는 ‘타고 갈 말을 보내어 맞이한
다’는 뜻이므로 去聲이 옳다. 『杜詩詳註』에도 去聲으로 표시되어
있다. 『集韻』에 따르면 瀼西의 ‘瀼’자는 ‘강 이름(瀼水)’일 때는 去
聲 漾韻이고, ‘이슬 많은 모양’은 平聲 陽韻이다. 瀼西는 瀼水의 서
쪽이란 뜻으로 夔州 이후(권15 「移居夔州作」 이후)의 두시에 자주
보인다. 瀼水는 四川省 奉節縣 산간의 냇물 이름이므로 去聲이 되
기에 이 구는 ●○○●●○○이 되어 下三平이 아니다. 평측양용자
를 정확하게 이해하지 못한 데서 나온 연구 결과이다.

---

22) 富山敦史, 「夔州における杜甫「拗体七律」の試み」(奈良教育大学国文 ：『研究
　　と教育』35권, 2012), p.22.

3. 연구를 위한 준비

두보 칠언율시 151수에 쓰인 총 8,456字 가운데 평측양용자는 字義와 音義에 따라 ① 平仄異讀同義 ② 平仄異讀異義 ③ 平仄異讀異音義의 세 가지 유형으로 나눌 수 있다. 구체적인 연구를 위한 진행 방법은 아래와 같다.

(1) 주석 작업

두보 칠률의 평측을 올바르게 이해하려면 시에 대한 정확한 풀이부터 선행되어야 한다. 이미 몇몇 역서가 나와 있어[23] 시를 이해하는 데 많은 도움이 되지만, 그러나 시어의 평측에 중점을 두고 주해를 한 예는 찾아보기 어렵다. 필자는 지난 수년간 여기에 역점에 두고 주석 작업을 진행해왔다.

반세기 전에 중국에서 黃永武가 『杜詩叢刊』이라는 제목으로 두시 주석서 26종을 영인 출간한 적이 있다.[24] 하지만 이것만으로 두시를 오로지 연구하기에는 누락된 서적들이 많았다. 이에 필자는 明·淸 당시 학자들이 그들의 저서에 많이 인용한 주석서를 위주로 50여권 이상의 참고 서적을 갖추고서 杜律 한 수 한 수를 번역할 때마다 꺼내보고 저들의 다양한 주장을 일일이 반영하면서 작업을 해왔다. 본 연구도 그러한 가운데 얻어진 결과물 중의

---

23) 진갑곤, 『두율상해』(상), 푸른사상사, 2004.
　　이영주, 강성위, 홍상훈 역해, 『두보율시』, 명문당, 2005.
　　우지영, 『우주두율』, 보고사, 2017.
　　강민호, 김준연, 이영주 등, 『(정본완역) 두보전집』 1-11, 2012-2024.
24) 黃永武輯, 『杜詩叢刊』, 民國六十三年(臺北大通書局, 1974).

하나가 될 것이다.

⑵ 聲調의 區分

두시에 관한 많은 주석서 가운데 평측양용자의 四聲을 구분하여 標示한 이는 仇兆鰲로 그의 『杜詩詳註』에 가장 상세하다. 그 다음으로 邵傅의 『杜律集解』, 王嗣奭의 『杜臆』, 津阪東陽의 『杜律詳解』가 있기는 하나 간혹 보일 뿐이다. 그 나머지는 전무하다. 그러나 거의가 단순히 '强, 去聲'(『杜詩詳註』), '更 讀平聲'(『杜臆』), '强, 平聲 盛也'(『杜律集解』, 『杜律詳解』) 수준이지만 그래도 시를 이해하는 데 큰 도움이 된다.

여기에 또 선인들이 學詩를 위해 필사해 놓은 『杜律』을 보면 주로 측성자에 방점이 찍힌 책들이 다수 발견되어[25] 참고해 볼 만하다.

그리고 현대에 이르러 칠률 151수 전체에 평측을 標示한 학자들이 있으니 簡明勇과 崔南圭이다. 간명용은 詩句 옆에 바로 평측을 표시하여 쉽게 알아볼 수 있도록 하였고, 최남규는 王力의 방식을 본받아 A3, a0, B2, 29d 형식[26]으로 표시하였다. 다만 대입하는 데 시간이 걸리는 불편한 점은 감수해야 한다. 여기에 또 金斗根[27]도 拗體詩 45수에 대한 平仄을 논문 말미에 四聲遞用과 함께 붙여놓아 참고할 만하다.

---

25) 한 예로 국립중앙도서관 소장 『杜律遺響』(古3715-179)을 들 수 있고, 鄙藏本 『杜律』에도 선명히 찍혀 있다.

26) 仄平仄仄仄平平(A3), 平平仄仄平平仄(a0), 平仄平平仄仄平(B2), 仄仄平仄平平仄(29d)

27) 金斗根, 「杜甫七言律詩形式研究」(한국외대 박사논문, 2008).

⑶ 韻書의 활용

오늘날 주로 활용하는 韻書는 元末에 나온『平水韻』106운이 用韻의 근거가 되지만 두보가 활약하던 唐代에는『切韻』과『唐韻』이 활용되었다. 601년 陸法言이 魏晋六朝의 韻書들을 집대성한『절운』은 逸失되었으나 706년 王仁昫가 이를 증보한『刊謬補缺切韻』이 현전하여『續四庫全書』에 실려 있고, 또 開元 연간에 孫愐이 지은 것으로 알려진『唐韻』의 殘本도 함께 전한다. 두보도 당대 유행된 운서를 참고하여 시를 창작했을 것이므로 간혹 쉽게 풀리지 않는 시어는 두보 사후 수백 년 뒤에 나온『평수운』이 아니라 두보와 비교적 가까운 시대의 운서를 통해서 접근할 필요가 있다.

한 예로 「崔氏東山草堂」(권6)의 出韻을 들 수 있다. 출운은 押韻字에 同韻部의 글자를 사용하지 않는 경우로 一韻到底格인 근체시에서는 큰 금기 사항이다. 그런데 이 시를『평수운』으로 살펴보면 운자 중 제6구의 '芹'자는 文韻이므로 제2, 4, 8구의 운자인 '新, 人, 筠'의 眞韻과 맞지 않는다. 그래서 顧宸, 胡應麟, 仇兆鰲 등은 두보가 점검을 소홀히 해서 실수로 출운을 면치 못했다[28]고 하였다.

이에 沈德潛과 楊倫은 眞韻인 '蓴'자를 쓰는 것이 맞다[29]고 하

---

28) 顧宸『杜詩註解』권1 : 按芹字出文韻 少陵詩間有出韻者 應是趁筆之誤.
　　 胡應麟『詩藪』外編 권3 : 唐以詩賦聲律取士 于韻學宜無弗精 然今流傳之作 出韻者 亦間有之 蓋檢點少疎 雖老杜或未能免. ~ 杜甫 玉山七言律 出芹字.
　　 仇兆鰲『杜詩詳註』권23「北風」: 胡應麟 曰此詩 首尾俱四支韻 中間兩用五微 蓋古體通用非出韻也 律詩出韻者 玉山詩 出芹字 雨晴詩 出農字 排律出韻者 贈王侍御契 出勤字 蓋撿點少疎 即作家或未能免耳.
29) 沈德潛『杜詩偶評』권4 : 芹韻在十二文 應是蓴字.
　　 楊倫『杜詩鏡銓』권5 : 按芹韻在十二文 疑當作蓴字.

였으며, 이러한 주장에 津阪東陽은 "순채로 어찌 밥을 지으며, 순채 캘 시기도 아니다"고 반박하며 두보의 실수요 옥의 티30)로 보았다.

이처럼 몇몇 학자들이 '芹'자를 출운으로 보고 있는데 반해, 명대 趙統은 『杜律意註』에서 "이것은 『당운(唐韻)』에서 '殷'자가 '眞'部에 속하고 '文'部에 속하지 않는다는 사실을 알지 못한 것이다. 송나라 賈昌朝(『禮部韻略』, 『切韻系韻書』)에 이르러 그것을 옮겨 놓았다."31)고 하였고, 현대 언어학자 王力도 "두보 당시에 '芹'자는 欣韻에 속하였고, 중당 이전(약 780년 이전)에 시인들은 欣韻에 속하는 글자 수가 적었고, 또한 그 소리가 대략 眞韻에 가까웠기 때문에 왕왕 欣韻과 眞韻을 동용하였다.(주의 : 당시에는 결코 문운과 동용하지 않았다.) 대략 만당 이후에는 '欣'운이 점차 '眞'운과 '文'운 사이로 이동했다가 마지막에 이르러『廣韻』속의 순서가 '흔'운이 '문'운에 가깝기 때문에 '문'운으로 섞여 들어갔다."32)고 하여 平水韻의 관점에서 벗어나 당대의 韻書로 접근하고자 했다.

바로 이와 같은 점이 현대의 자전이 아닌 비교적 당대에 가까운 『唐韻』이나 『集韻』 같은 운서를 주로 참고해서 연구해야 하는 이유이다. 연구자들이 주로 의지하는 『大漢和辭典』, 『中華大字典』, 『漢語大詞典』을 비교해 봐도 서로 통일되지 않는 경우가 많아 혼란을 주고 있음도 사실이다.

---

30) 津阪東陽 『杜律詳解』권상 : 芹韻走入十二文 蓋一時趁筆之誤耳 或謂當作蓴 然蓴豈可作飯也 且非蓴之時也 蓋出韻之失 當時諸家亦動有之 ~ 猶王右軍書帖多誤字 皆玉瑕錦纇 不可效尤也.

31) 『四庫全書總目』 권174 『杜律意註』 : 如「崔氏東山草堂詩」 以'芹'字爲出韻, 是未知唐韻'殷'字附眞不附文, 至宋賈昌朝乃移之. 許觀『東齋紀事』·王應麟『玉海』皆可考也

32) 왕력 저(송용준 역), 『중국시율학』1, pp.106-107.

4. 두시 전체의 平仄兩用字 鳥瞰

5만 여자가 훌쩍 넘는 한자 가운데 동일한 一字가 平聲의 뜻으로 쓰이면서, 또 측성(上聲, 去聲, 入聲)의 뜻으로 쓰이기도 하고, 다른 音義를 가지는 소위 平仄兩用字(혹은 平仄兩讀字)는 생각보다 그리 많지 않았다. 『康熙字典』을 근거로 만든 「平水韻部平仄兩用字大全」을 살펴보니 대략 350여 자에 불과했다. 필자가 흥미 삼아 杜詩 전체를 대상으로 조사해 본 결과 대략 168자쯤 되었는데, 여기에는 두시를 읽을 때 주의해서 읽어야 하는 글자에 일일이 성조를 표시해 놓은 仇兆鰲의 노력이 있었기에 가능한 일이었다.

그는 『杜詩詳註』에서 평측양용자 가운데 어느 한 곳에만 성조를 표시해 놓았는데, 전부 헤아려 보니 平聲은 773회(중복 글자 포함), 上聲은 195회, 去聲이 1,313회나 되었다. 그렇다고 이것이 완벽한 작업은 아니었다. 필자의 연구 결과 평측양용자에 들어가야 하는 '浪, 不, 頗, 罷, 判'과 같은 글자들에 대해서는 평측을 구분하는 아무런 표시가 없기 때문이다.

그러면 두율의 평측양용자를 살피기 전에 우선 두시 전반에 보이는 평측양용자에 대해 중복을 피해가면서 설명하도록 하겠다. 한눈에 볼 수 있도록 도표화하였다.

참고로 아래 도표에서 '有, 無'는 평측 표시가 있고 없고의 차이를 말한다. 즉 '間'자의 의미를 去聲으로 읽어야 하면 '間'자 下에 '去聲'이 표시되어 있고(有), 平聲의 뜻으로 읽어야 하면 아무런 표시 없이(無) 그냥 '間'으로 되어 있다는 뜻이다.

글자	四聲	韻字	字義	有 無
• 間	平聲	刪韻	사이. 엿보다. 멀어지다.	無
	去聲	諫韻	간격. 떨어지다. 간여하다. 칸.	有
• 看	平聲	寒韻	보다. (통고저)	有
	去聲	翰韻	보다. (통고저)	有
• 監	去聲	陷韻	살피다. 감찰.	無
	平聲	鹹韻	보다. 경계하다. 감옥.	有
• 强	平聲	陽韻	굳세다. 성하다.	無
	上聲	養韻	힘쓰다. 억지로.	有
	去聲	漾韻	굳다. 거스르다.	有
• 改	上聲	賄韻	고치다. 다시.	有
• 去	去聲	禦韻	가다. 떠나다. 없애다.	無
	上聲	語韻	덜다. 쫓다. 버리다.	有
• 見	去聲	霰韻	보다. (視也, 독음 견). 나타나다(露也, 독음 현).	有
• 更	平聲	庚韻	고치다. 바꾸다. 시각. (독음 경).	有
	去聲	敬韻	다시. (독음 갱).	無
• 空	平聲	東韻	비다. 부질없이.	無
	上聲	董韻	구멍. 뚫다.	無
	去聲	送韻	곤궁하다. 높고 넓다.	有
• 過	去聲	箇韻	지나치다. 허물. 책망하다.	無
	平聲	歌韻	지나다. 넘어가다. 들르다.	有
• 觀	平聲	寒韻	살펴보다. 유람하다.	無

	去聲	翰韻	나타내다. 드러내다. 경관(景觀). 도관(道觀).	有
•冠	平聲	寒韻	갓. 볏.	無
	去聲	翰韻	관례. 으뜸되다.	有
•敎	去聲	效韻	가르치다. 종교.	無
	平聲	肴韻	하여금.	有
•驅	平聲	虞韻	몰다. (통고저).	無
	去聲	遇韻	몰다. (통고저).	有
•屨	去聲	遇韻	신. 신다.	有
•近	去聲	問韻	가까이 하다. 사랑하다.	有
	上聲	吻韻	가깝다. 요사이.	無
	去聲	寘韻	어조사. (독음 기).	無
•禁	平聲	侵韻	견디다. 억누르다.	有
	去聲	沁韻	금하다. 꺼리다. 삼가다. 대궐.	無
•騎	去聲	寘韻	기병. 기마.	有
	平聲	支韻	말타다. 걸터앉다.	無
•幾	平聲	微韻	기미. 위태하다. 거의. 바라다.	有
	上聲	尾韻	몇. 자주.	無
	去聲	寘韻	그치지 않다.	無
•那	平聲	歌韻	어찌. 많다. (독음 나).	有
	上聲	哿韻	무엇. 저것. (독음 나).	無
	去聲	箇韻	어조사. (독음 내).	無
•難	平聲	寒韻	어렵다. 고생하다.	無
	去聲	翰韻	근심. 재앙. 전쟁. 꾸짖다.	有

	平聲	歌韻	우거지다. 구나(驅儺). (독음 나).	無
• 暖	上聲	旱韻	따뜻하다. (독음 난).	無
	平聲	元韻	온순하다. (독음 훤).	有
• 怒	去聲	遇韻	성내다.	無
	上聲	麌韻	성내다.	有
• 嫋	上聲	篠韻	간드러지다. (독음 뇨).	有
	入聲	藥韻	연약하다. (독음 냑).	無
• 泥	平聲	齊韻	진흙. 바르다.	無.
	去聲	霽韻	막히다.	有
	上聲	薺韻	젖다.	無
• 擔	平聲	覃韻	메다. 맡다.	無
	去聲	勘韻	짐. 맡은 일.	有
• 當	平聲	陽韻	마땅하다. 당하다.	無
	去聲	漾韻	주관하다. 맞다. 잡히다. 그(지시대명사).	有
• 道	上聲	皓韻	길. 다니다. 도교.	無
	去聲	號韻	말하다. 다스리다. 인도하다.	有
• 塗	平聲	虞韻	진흙. 길.	有
	平聲	麻韻	칠하다.	無
	上聲	麌韻	길.	無
• 跳	平聲	蕭韻	뛰다.	有
	去聲	嘯韻	달아나다.	無
• 動	去聲	送韻	움직이다. (上聲, 去聲 같음).	無
	上聲	董韻	움직이다. (上聲, 去聲 같음).	有

	聲	韻	뜻	
屯	平聲	元韻	진치다. 屯田. 縣名. (독음 둔).	有
	平聲	眞韻	어렵다. (독음 준).	無
	去聲	願韻	성(混屯). (독음 둔).	無
浪	去聲	漾韻	물결.	無
	平聲	陽韻	물 이름(滄浪),	無
量	平聲	陽韻	헤아리다. 살피다.	有
	去聲	漾韻	되. 양. 수효. 한계.	無
斂	上聲	儉韻	거두다.	無
	平聲	鹽韻	지명.	有
	去聲	豔韻	거두다.	有
令	去聲	敬韻	법령. 명령. 착하다.	無
	平聲	庚韻	하여금. 부리다. 심부름꾼. 가령.	有
論	平聲	元韻	말하다. 의논하다. 헤아리다.(통고저).	有
	去聲	願韻	말하다. 의논하다. 헤아리다.(통고저).	無
	平聲	眞韻	도리.	無
料	去聲	嘯韻	헤아리다. 급여. 재료. (통고저).	有
	平聲	蕭韻	헤아리다. 급여. 재료. (통고저).	有
屢	去聲	遇韻	여러. 번거롭다. 빠르다.	有
累	平聲	支韻	묶다.	無
	去聲	寘韻	괴롭히다. 번거로움, 연루(連累).	無
	上聲	紙韻	포개다. 쌓다.	有
稜	平聲	蒸韻	모서리. 서슬.	無
	去聲	徑韻	논두렁. 밭이랑.	有

• 離	平聲	支韻	떠나다. 헤어지다. 걸리다.	無
	去聲	寘韻	자리 떠다(去也).	有
	去聲	霽韻	나란하다. 짝하다. (독음 려).	無
• 滿	上聲	旱韻	가득 차다. 속이다.	無
	去聲	願韻	번민하다(懣也).	無
• 漫	去聲	翰韻	질펀하다. 흩어지다. 멋대로. 부질없이.	無
	平聲	寒韻	퍼지다. 빠지다. 게으르다.	有
• 忘	平聲	陽韻	잊다. (통고저).	無
	去聲	漾韻	잊다. (통고저).	有
• 望	去聲	漾韻	바라다. 기다리다. 보다. 보름.(통고저).	無
	平聲	陽韻	바라다. 기다리다. 보다. 보름.(통고저).	有
• 聞	平聲	文韻	듣다. 냄새 맡다. 소문.	無
	去聲	問韻	들리다. 명망(名望).	有
• 飯	上聲	阮韻	기르다.	有
	去聲	願韻	밥. 먹다. 먹이다.	無
• 傍	平聲	陽韻	곁. 옆.	無
	去聲	漾韻	기대다. 곁하다.	有
• 放	去聲	漾韻	놓다. 내치다. 버리다. 멋대로 하다.	無
	上聲	養韻	본뜨다. 의지하다. 방불하다.	有
• 并	平聲	庚韻	어우르다. 어울리다. 함께.	有
	上聲	梗韻	나란히 하다. 갈무리하다.	無
	去聲	敬韻	나란히 하다. 갈무리하다.	無
• 復	入聲	屋韻	돌아오다. 대답하다. 사뢰다. 실천하다.	無

	去聲	宥韻	다시. 덮다.	有
• 不	入聲	月韻	아니다. (독음 불).	無
	平聲	尤韻	아니다(否也). (독음 부).	有
• 夫	平聲	虞韻	지아비. 사내. 대저.	有
• 分	平聲	文韻	나눈다. 구별하다. 헤어지다.	無
	去聲	問韻	분수. 명분, 신분. 정분.	有
• 比	上聲	紙韻	견주다. 비율. 따르다.	無
	平聲	支韻	이웃. 누그러지다.	無
	去聲	寘韻	돕다. 친하다. 편들다. 나란하다. 이마적. 근래.	有
• 埤	平聲	支韻	더하다. 낮은 담. 낮다.	無
	上聲	紙韻	습지(濕地).	無
	去聲	霽韻	성가퀴.	無
• 冰	平聲	蒸韻	얼음.	無
	去聲	徑韻	차갑다.	有
• 憑	平聲	蒸韻	기대다. (통고저).	無
	去聲	徑韻	기대다. (통고저).	有
• 使	上聲	紙韻	하여금. 가령. 부리다.	無
	去聲	寘韻	사신. 심부름뿐.	有
• 思	平聲	支韻	생각하다. 근심하다.	無
	去聲	寘韻	생각.	有
• 舍	上聲	馬韻	두다. 버리다. 그만두다.	有
	去聲	禡韻	집. 관청. 묵다.	無

• 事	去聲	寘韻	일. 일삼다. 섬기다. 부리다.	有
• 散	上聲	旱韻	흩다. 흩어지다. 놓아주다.	有
	去聲	翰韻	흩다. 흩어지다. 놓아주다.	無
	平聲	寒韻	비틀거리다.	無
• 上	去聲	漾韻	위. 임금. 처음.	有
	上聲	養韻	오르다. 숭상하다. 올리다. 성조(聲調, 上聲).	有
• 相	去聲	漾韻	보다. 형상. 돕다. 정승.	有
	平聲	陽韻	서로. 바탕.	無
• 喪	去聲	漾韻	복입다. 복(服).	有
	平聲	陽韻	잃다. 망치다.	有
• 尙	去聲	漾韻	오히려. 더하다. 숭상하다. 높이다. 공주에게 장가들다. 오래되다.	無
	平聲	陽韻	주관하다. 벼슬 이름(상서(尙書), 임금의 衣服, 食物 등을 주관).	有
• 扇	平聲	先韻	부채질하다.	有
	去聲	霰韻	부채. 문짝.	有
• 善	上聲	銑韻	착하다. 잘. 길하다.	無
	去聲	霰韻	좋게 여기다. 아끼다.	有
• 先	平聲	先韻	먼저. 우선. 앞.	有
	去聲	霰韻	앞서다.	有
• 選	上聲	銑韻	가리다. 보내다.	無
	去聲	霰韻	뽑다. 선발. 춤추다.	有
• 漩	平聲	先韻	소용돌이. (통고저).	無

	去聲	霰韻	소용돌이. (통고저).	有
•旋	平聲	先韻	되돌다. 굽다. 주선하다. 빨리.	無
	去聲	霰韻	둘리다. 두르다.	有
•醒	平聲	靑韻	깨다. 깨닫다. (통고저).	無
	上聲	逈韻	깨다. 깨닫다. (통고저).	無
	去聲	徑韻	깨다. 깨닫다. (통고저).	有
•盛	去聲	敬韻	성하다. 넘치다.	無
	平聲	庚韻	담다. 주발. 이루다.	有
•少	上聲	篠韻	적다. 모자라다. 조금.	有
	去聲	嘯韻	젊다. 젊은이.	有
•掃	上聲	皓韻	쓸다. 제거하다. 칠하다. (上聲, 去聲 같음).	無
	去聲	號韻	쓸다. 제거하다. 칠하다. (上聲, 去聲 같음).	有
•疏	平聲	魚韻	트이다(疎와 同). 멀다.	無
	平聲	虞韻	거칠다(疏食).	無
	去聲	禦韻	적다. 상소(上疏). 주석(注釋).	有
•灑	上聲	馬韻	깨끗하다. (독음 사).	無
	上聲	蟹韻	뿌리다. (독음 새).	無.
	去聲	卦韻	뿌리다. (독음 쇄).	有
•首	上聲	有韻	머리. 시작하다. 숫자(10首).	無
	去聲	宥韻	자백하다. 항복하다. 향하다. 출발하다.	有
•守	上聲	有韻	지키다. 절개. 거두다.	無
	去聲	宥韻	벼슬 이름(郡守. 太守). 돌다.	有

• 戍	去聲	遇韻	수자리. 지키다. 막다. 집.	有
• 數	去聲	遇韻	셈. 이치. 운수. 등급. 규칙.	無
	入聲	沃韻	촘촘하다. (독음 촉).	無
	入聲	覺韻	자주. (독음 삭).	無
	上聲	麌韻	세다. 헤아리다. 꾸짖다.	有
• 盾	上聲	軫韻	방패. 피하다. (독음 순). 벼슬 이름(中盾, 독음 윤).	有
	上聲	阮韻	사람 이름. (독음 돈).	無
• 乘	平聲	蒸韻	타다. 오르다. 셈하다. 곱하다.	無
	去聲	徑韻	수레. 대(萬乘). 사기(史記).	有
• 勝	去聲	徑韻	이기다. 낫다.	無
	平聲	蒸韻	견디다. 모두.	有
• 始	上聲	紙韻	처음. 비로소. 처음하다.	無
	去聲	寘韻	바야흐로.	有
• 施	平聲	支韻	베풀다. 퍼지다. 행하다.	無
	去聲	寘韻	은혜. 은혜를 베풀다. (독음 시). 뻗다. 미치다. (독음 이).	有
• 市	上聲	紙韻	저자. 흥정하다. 사다.	有
• 惡	入聲	藥韻	나쁘다. 모질다.	
	去聲	遇韻	미워하다. 부끄러워하다.	有
	平聲	虞韻	어찌. 감탄사.	無
• 闇	上聲	感韻	어두운 모양. 덮다.	無
	去聲	勘韻	어둡다. 어리석다. 숨다.	無
	平聲	覃韻	여막(廬幕).	有

- 仰　上聲　養韻　우러르다.　　　　　　　　　　　　無
　　　去聲　漾韻　의뢰하다.　　　　　　　　　　　　有
　　　平聲　陽韻　높다.　　　　　　　　　　　　　　無
- 也　上聲　馬韻　어조사.　　　　　　　　　　　　　無
　　　去聲　禡韻　또.　　　　　　　　　　　　　　　有
- 颺　平聲　陽韻　날리다. 새가 날아오르다. (통고저).　無
　　　去聲　漾韻　날리다. 새가 날아오르다. (통고저).　有
- 養　上聲　養韻　기르다. 가르치다. 치료하다.　　　無
　　　去聲　漾韻　봉양하다.　　　　　　　　　　　　有
- 與　上聲　語韻　더불어. 주다. 모두.　　　　　　　無
　　　平聲　魚韻　어조사(歟와 同).　　　　　　　　有
　　　去聲　禦韻　참여하다. 의지하다.　　　　　　　有
- 予　平聲　魚韻　나(일인칭).　　　　　　　　　　　無
　　　上聲　語韻　주다. 허락하다.　　　　　　　　　有
- 易　入聲　陌韻　바꾸다. (독음 역).　　　　　　　無
　　　去聲　寘韻　쉽다. 편안하다. 기쁘다. 다스리다.　有
　　　　　　　　　(독음 이).
- 燕　去聲　霰韻　제비. 잔치. 편안하다.　　　　　　無
　　　平聲　先韻　나라 이름.　　　　　　　　　　　有
- 汙　去聲　遇韻　빨다. 씻다. (독음 오).　　　　　有
　　　平聲　虞韻　더럽다. 낮다. (독음 오),　　　　無
　　　　　　　　　굽히다. (독음 우).
　　　平聲　麻韻　땅을 파다. 뒤떨어지다. (독음 와).　無
　　　上聲　麌韻　　더럽다. (叶文甫切 音武).　　　有

• 雍	平聲	冬韻	화하다. 기뻐하다. 안다. 벽옹(辟雍).	無
	去聲	宋韻	땅 이름.	有
• 宛	上聲	阮韻	완연히. 굽다. 움푹하다.	無
	平聲	元韻	나라 이름(大宛).	有
• 阮	上聲	阮韻	산 이름. 나라 이름. 성(姓).	無
	平聲	元韻	관문 이름(五阮郡).	無
• 王	平聲	陽韻	임금. 제후. 우두머리.	無
	去聲	漾韻	임금 노릇하다. 패왕(霸王).	有
• 要	平聲	蕭韻	구하다. 원하다. 허리. 통괄하다.	有
	去聲	嘯韻	중요. 사북. 생략하다. 반드시. 요컨대.	有
• 雨	上聲	麌韻	비. 벗.	無
	去聲	遇韻	비가 오다. 눈이 내리다.	有
• 遠	上聲	阮韻	멀다. 깊다. 선조(先祖).	無
	去聲	願韻	멀리하다. 소원하게 대하다. 멀어지다. 어긋나다.	有
• 願	去聲	願韻	원하다. 바라다. 생각하다.	無
• 爲	平聲	支韻	되다. 하다. 만들다. 다스리다. 생각하다.	無
	去聲	寘韻	위하여, 때문에. 돕다. 더불어.	有
• 遺	平聲	支韻	남다. 버리다. 빠뜨리다.	無
	去聲	寘韻	보내다. 더하다.	有
• 隱	上聲	吻韻	숨다. 숨기다. 응달. 수수께끼.	無
	去聲	問韻	기대다. 쌓다. 구석.	有
• 殷	平聲	文韻	받다. 해를 입음. (독음 은).	無

	平聲	刪韻	검붉은 빛. (독음 안).	無
	上聲	吻韻	우러찬 소리. 흔들다. (독음 은).	有
	平聲	眞韻	성하다. 많다. 크다. 은근하다. 나라 이름. (독음 은).	無
•飮	上聲	寢韻	마시다. 음료. 주연(酒宴).	無
	去聲	沁韻	마시게 하다.	有
•應	去聲	徑韻	응하다. 승낙하다. 조심.	有
	平聲	蒸韻	응당. 마땅히. 당하다.	有
•衣	平聲	微韻	옷.	無
	去聲	未韻	(옷을) 입다. 입히다. 덮다. 행하다.	有
•任	平聲	侵韻	알맞다. 견디다. 미쁘다. 메다.	有
	去聲	沁韻	맡기다. 일. (관직 따위를) 주다(任命).	無
•作	入聲	藥韻	짓다. 일어나다. (독음 작).	無
	去聲	箇韻	만들다. 하다(做). (독음 주, 자).	有
	去聲	禦韻	저주하다. (독음 저).	無
•將	平聲	陽韻	장차. 돕다. 보내다. 가지다. 나아가다.	無
	去聲	漾韻	장수(將帥). 인솔하다.	有
•長	平聲	陽韻	길다. 길이. 낫다.	無
	去聲	漾韻	남다. 나머지. 재다.	有
	上聲	養韻	어른. 우두머리. 자라다.	有
•載	上聲	賄韻	해(年).	有
	去聲	隊韻	싣다. 타다. 쌓다. 일.	無
•爭	平聲	庚韻	다투다. 다스리다.	有

	去聲	敬韻	간하다(諍). 옳다그르다 하다.	有
• 傳	平聲	先韻	전하다. 전달하다.	無
	去聲	霰韻	전기(傳記). 경전 주해. 역마을.	有
• 占	去聲	豔韻	점령하다. 입으로 부르다. 가지다.	有
	平聲	鹽韻	점치다.	無
• 正	去聲	敬韻	바르다. 정사(政事). 바로.	無
	平聲	庚韻	첫, 정월. 과녁.	有
• 弟	去聲	霽韻	아우. 공손하다. 차례.	有
	上聲	薺韻	아우. 공손하다. 차례.	無
• 濟	去聲	霽韻	건너다. 구제하다. 나루터.	無
	上聲	薺韻	많고 성하다. 같다. 강 이름.	有
• 調	去聲	嘯韻	뽑다. 부르다. 징발하다. 헤아리다. 음률.	有
	平聲	蕭韻	고르다. 적합하다.	無
	平聲	尤韻	아침. (독음 주).	無
• 朝	平聲	蕭韻	아침. 처음. 뵙다. 조회하다. 조정(朝廷). 왕조(王朝). (독음 조).	有
	平聲	虞韻	고을 이름(朝那). (독음 주).	無
• 從	平聲	冬韻	좇다. ~부터. 말미암다. 느긋하다.	無
	去聲	宋韻	시중들다. 하인(侍從). 놓아주다. 친척 사이 관계(從祖父). 버금.	有
• 種	上聲	腫韻	씨. 부족. 무리.	有
	去聲	宋韻	뿌리다. 심다. 펴다.	無
• 縱	平聲	冬韻	세로.	有

	去聲	宋韻	늘어지다. 용서하다. 놓다. 제멋대로 하다. 가령.	無
	上聲	董韻	서두르다.	無
•走	上聲	有韻	달리다. 종(하인).	無
	去聲	宥韻	달아나다. 가다.	有
•重	平聲	冬韻	거듭. 겹치다.	有
	上聲	腫韻	무겁다. 소중하다. 두텁다. 무게.	
	去聲	宋韻	무겁게 여기다. 존중하다. 짐바리.	有
•中	平聲	東韻	가운데. 안. 바르다. 마음. 반(半). 중매.	有
	去聲	送韻	맞다. 차다. 버금. 걸리다.	有
•振	去聲	震韻	떨치다. 떨다. 건지다.	無
	平聲	眞韻	무던하다(仁厚). 성(盛)하다.	有
•處	上聲	語韻	머무르다. 살다. 두다. 처분하다.	有
	去聲	禦韻	곳. 관서(官署).	無
•穿	平聲	先韻	뚫다. 구멍. 해어지다.	無
	去聲	霰韻	꿰뚫다.	有
•聽	平聲	靑韻	듣다. 받다. 좇다.	有
	去聲	徑韻	듣다. 결단하다. 꾀하다. 수소문하다. 맡기다.	無
•春	平聲	眞韻	봄. 술.	無
	上聲	軫韻	움직이다. 蠢과 통함. (독음 준)	有
•吹	平聲	支韻	불다. 부추기다.	無
	去聲	寘韻	바람. 취주악.	有

• 治	去聲	寘韻	다스리다.	無
	平聲	支韻	내 이름. 다스리다.	有
• 枕	上聲	寢韻	베개. 베다.	無
	去聲	沁韻	베개. 베다.	有
• 稱	平聲	蒸韻	일컫다. 명성. 저울.	無
	去聲	徑韻	맞다. 알맞다.	有
• 彈	平聲	寒韻	튕기다. 타다.	無
	去聲	翰韻	탄알.	有
• 歎	去聲	翰韻	탄식하다. (통고저)	無
	平聲	寒韻	탄식하다. (통고저).	有
• 蕩	上聲	養韻	크다. 쓸어버리다. 방탕하다.	有
	去聲	漾韻	넓다.	無
	平聲	陽韻	운하 이름.	無
• 頗	平聲	歌韻	치우치다(偏也).	無
	上聲	哿韻	자못. 조금. 꽤.	無
• 判	去聲	翰韻	가르다. 분별하다. (독음 판).	無
	平聲	寒韻	버리다(拚也). (독음 반).	無.
• 便	去聲	霰韻	편안하다. 편리하다. (독음 편) 문득. 똥오줌. (독음 변).	無
	平聲	先韻	아첨하다. 말잘하다. (독음 편).	有
• 被	去聲	寘韻	입다. 당하다.	有
	上聲	紙韻	덮다. 이불. 미치다.	無
	平聲	支韻	두르다.	無

• 下	上聲	馬韻	아래. 낮다.	無
	去聲	禡韻	내리다. 낮추다.	有
• 荷	平聲	歌韻	연(蓮).	無
	上聲	哿韻	메다.	有
• 閒	平聲	刪韻	한가하다.	無
	去聲	諫韻	사이(間의 본자).	有
• 翰	平聲	寒韻	날개. 글. (통고저).	有
	去聲	翰韻	날개. 글. (통고저).	無
• 降	平聲	江韻	항복하다. (독음 항).	有
	去聲	絳韻	내리다. (독음 강).	無
• 行	平聲	庚韻	가다. (독음 행).	無
	平聲	陽韻	줄. 대열. (독음 항).	有
	去聲	敬韻	행위. 일. (독음 행).	有
	去聲	漾韻	輩行. 항렬(독음 항).	無
• 縣	去聲	霰韻	고을(郡縣也).	無
	平聲	先韻	매달다(繫也).	無
• 瑩	去聲	徑韻	옥빛 조촐하다. 맑다.	有
	平聲	庚韻	밝다.	無
• 呼	平聲	虞韻	부르다.	無
	去聲	遇韻	부르짖다.	有
• 好	上聲	皓韻	좋아하다.	無
	去聲	號韻	좋다. 아름답다.	有
• 號	平聲	豪韻	부르짖다.	有

	去聲	號韻	부르다. 아호. 호령하다.	無
•渾	平聲	元韻	흐리다. 거의.	有
	上聲	阮韻	섞이다. 모두.	有
•華	平聲	麻韻	빛나다. 아름답다.	無
	去聲	禡韻	산이름.	有
•和	平聲	歌韻	온화하다. 고르다.	無
	去聲	箇韻	화답하다.	有
•畫	去聲	卦韻	그림. 그리다. (독음 화).	有
	入聲	陌韻	가르다. 꾀하다. (독음 획).	無
•橫	平聲	庚韻	가로. 가로지르다.	無
	去聲	敬韻	거스리다. 방자하다.	有
	平聲	陽韻	빛나다. (독음 光).	無
•興	去聲	徑韻	흥취.	有
	平聲	蒸韻	일어나다.	無

이들 가운데 '改', '見', '屨', '夫', '事', '戌', '市', '願'자 같은 글자는 대부분의 자전에 하나의 聲調로만 읽는데, 구조오는 굳이 이들에 대한 성조를 표시해 놓았다는 것은 다른 성조가 있음을 염두에 둔 것으로 보인다. 이에 대해서는 또 다른 연구가 필요하니 차후로 미루기로 하고, 우선 주목할 만한 몇 개의 글자만 뽑아서 살펴보기로 한다. 다만 두보 七律과 관련된 글자는 뒷부분에서 상술할 것이다.

- 看(去聲)

　坐看(去聲)綵翮長 ●●●●●

　舉意八極周 ●●●●○

　아름다운 날개가 자라는 것을 보게 되리니,

　팔극을 주유하리라 생각해 본다.

-『杜詩詳註』권8「鳳凰臺」-

　구조오는 평성으로 읽어야 하는 '看'자에 대해서 '看'자 아래에 小字로 <平聲>이라고 주석을 달아 성조를 구분해 놓았다. 그가 <去聲>이라고 표시한 예는 위 시 한 수 뿐이다. 그런데 두시 가운데 '看'자가 운자로 쓰인 시가 12수가 있다. 이 가운데 평성으로 쓰인 시가 11수이고, 거성으로 쓰인 시가 1수 있다. 그러나『두시상주』에는 8수만 <平聲>이라 표시하고 나머지 4수에 대해서는 아무런 표시가 없다.33) 이 4수 중에 '關山雪邊看'(관산을 설경 옆에서 보겠구나. ○○○○●)34)은 다른 운자로 보아 반드시 去聲(翰韻)으로 읽어야 하는데 따로 구분이 없는 것이다. 이로 보면 구조오의 성조 표시도 완전하다고만은 볼 수 없다.

---

33) <平聲>이라고 표시한 시는 '今夜鄜州月, 閨中只獨看(平聲, 이하 생략)'(「月夜」), 明年此會知誰健, 醉把茱萸仔細看'(「九日藍田崔氏莊」), 儒衣山鳥怪, 漢節野童看'(「送楊六判官使西蕃」), 囊空恐羞澀, 留得一錢看'(「空囊」), 故人能領客, 攜酒重相看'(「王竟攜酒高亦同過共用寒字」), 永夜角聲悲自語, 中天月色好誰看'(「宿府」), '此日此時人共得, 一談一笑俗相看'(「人日兩篇」), '春水船如天上坐, 老年花似霧中看'(「小寒食舟中作」) 8수이고, 아무런 표시가 없는 시는 '鷗鳥鏡裏來, 關山雲邊看'(「行官張望補稻畦水歸」), '昔曾如意舞, 牽率強爲看'(「宴忠州使君姪宅」), '周宣漢武今王是, 孝子忠臣後代看'(「承聞河北諸道節度入朝歡喜口號絶句十二首(2)」), '荒林無徑入, 獨鳥怪人看'(「放船」) 4수이다.

34) 「行官張望補稻畦水歸」(권19)로, 이 시의 운자는 案, 亂, 灌, 岸, 旱, 伴, 漢, 看, 粲, 散, 觀, 蔓이다.

- 改(去聲)

  歲寒忽無憑 ●○●○○
  日夜柯葉改(*去聲 一作碎) ●●○●●
  날이 추워져 갑자기 의지할 바를 잃으니,
  밤낮으로 가지와 잎사귀가 달라졌네.

- 권10「病柏」 -

이 시에서는 '改'자가 운자로 쓰였다. 이 시의 운자를 전부 보면, '蓋(泰), 會(泰), 拜(怪), 壞(怪), 大(泰), 改(賄, 一作 碎(隊)), 外(泰), 內(隊), 怪(怪), 賴(泰)'로 모두 去聲인데, '改'자만 上聲(賄)이다. '改'자는 『廣韻』에 上聲뿐이고, 去聲은 보이지 않는다. '改'자 대신 쓰인 '碎'는 去聲에 속하는데 거성으로 叶韻한 것으로 보인다.

참고로 唐詩 가운데 上聲으로 사용된 예는 아래와 같다.

  天地無凋換 ○●●○●
  容顏有遷改 ○○○●●
  천지는 시들고 변함이 없어도,
  얼굴 모습에는 바뀜이 있구나

- 李白「對酒二首」 -

  高名安足賴 ○○○●●
  故物今皆改 ●●●○○
  명성이 높으니 편안히 의지할 만하고,
  옛 것은 이제 모두 바뀌었구나

- 張說「至尉氏」 -

昏見斗柄回 ○●●●○
方知歲星改 ○○●○●
해질 무렵 북두칠성 자루 도는 것을 보니,
비로소 한해가 바뀌었음을 알겠네

- 孟浩然「歲暮海上作」-

- 空(去聲)
旅茲殊俗遠 ●○○●●
竟以屢空(去聲)迫 ●●●●○
이 풍속 다른 먼 곳을 떠돎은,
끝내 늘 궁핍에 시달려서라네.

- 권20「鄭典設自施州歸」-

두시 전체 200여 자의 '空'자가 거의 무표시인데, 이 시에만 去聲으로 표시되어 있다. 따라서 '困窮하다'는 뜻으로 해석해야 한다는 말이다.

- 屢(去聲)
消中日伏枕 ○○●●●
臥久塵及屨(叶去聲) ●●○●●
소갈증이라 날마다 베개에 엎드려 지내는 신세,
오래 누워 있다 보니 먼지가 신발에 낄 정도네

- 권19「雨」-

'屨'자는 去聲 遇韻으로 이 시에서 운자로 사용되었다. 다른 구의 운자(霧, 樹, 露, 趣, 屨, 路, 顧, 度, 孺, 故, 訴, 迕, 步, 遇, 素,

暮)를 보더라도 전부 去聲 遇韻인데 여기서 協韻(같은 운에 속하지 않은 운자를 동일한 운으로 사용)이라 함은 차후 연구를 해봐야 할 일이다.

松下丈人巾屨同 ○●●○○●○
偶坐似是商山翁 ●●●●●○○○
소나무 아래 노인들은 두건과 신발이 같은 차림새로,
나란히 앉아 있음이 상산의 노인인 것만 같다.

– 권6「題李尊師松樹障子歌」 –

이 시는 아무런 표시가 없지만 去聲으로 쓰인 예이다.

- 暖(去聲)
  疏布纏枯骨 ○●○○●
  奔走苦不暖(叶去聲) ○●●●●
  성긴 뵈옷이 여윈 뼈만 남은 몸에 감겨 있으니,
  바삐 다녀도 심히 덥지 않네)

– 권23「逃難」 –

'暖'자는 平聲과 上聲 글자인데, 이 시에서는 운자에 해당된다. 다른 구의 운자(難, 暖, 炭, 畔, 歎, 散, 岸)를 보면 모두 去聲 翰韻에 속하므로 상성을 거성으로 협운한 것이라는 뜻으로 이해된다.

- 怒(上聲)
  吏呼一何怒(上聲) ●○●○●
  婦啼一何苦 ●○●○●

관리의 고함소리 왜 그리도 사나우며,
며느리의 울음소리 왜 그리 고통스러운가?

- 권7「石壕吏」 -

'怒'자는 上聲, 去聲 글자로 그 뜻은 같다. 따라서 운자(怒, 苦, 戍)가 上聲이므로 이를 따른 것이다.

- 嫋(上聲)
  隔戶楊柳弱嫋嫋(『杜臆』嫋字 叶平聲) ●●○●●●○
  恰似十五女兒腰 ●●●●●○○
  지게문 너머로 버들이 살랑거리니,
  흡사 열다섯 소녀 허리 같구나.

- 권9「絶句漫興九首(9)」 -

'嫋'자는 원래 上聲, 入聲 글자인데, 이 시에서는 平聲 蕭韻의 운자(嫋. 腰. 條)로 협운한 것이다. 王嗣奭도 "'嫋'자는 平聲으로 읽어야 한다"고 하였다.[35)]
'嫋'자가 上聲으로 읽힌 예는 아래와 같다.

秋風嫋嫋吹江漢 ○○●●○○●
只在他鄕何處人 ●●○○○●○
가을바람 선들선들 장강과 한수에 불어오는데,
단지 타향에만 있을 뿐이니 대체 어디 사람이란 말인가?

- 권12「戲作寄上漢中王二首(1)」 -

---

35)『杜臆』권4 : '嫋' 當讀平聲.

● 塗(上聲)

人頻墜塗(讀上聲)炭 ○○●●●

公豈忘精誠 ○●●○○

사람들이 빈번히 도탄에 떨어졌으니,

공이 어찌 정성을 다할 것을 잊을 수 있겠습니까?

－ 권5「奉送郭中丞兼太僕卿充隴右節度使三十韻」 －

'塗'자는 平聲 글자인데, 이 시에서는 上聲으로 읽어야 한다는 뜻이다. 아래 시는 平聲으로 읽어야 한다.

已衰病方入 ●○●○●

四海一塗炭 ●●●○○

이미 노쇠한 데다 병마저 찾아들고,

사해는 한결같이 도탄에 빠졌네

－ 권23「逃難」 －

靑衿冑子困泥塗 ○○●●●○○

白馬將軍若雷電 ●●●○○●○

푸른 옷깃의 자제들 진흙 속에 괴로운데,

백마 탄 장군은 그 기세가 우레 같구나.

－ 권18「折檻行」 －

「折檻行」은 去聲 霰韻을 운자(見, 羨, 電)로 사용하였기에 '塗'자는 平聲이 된다.

● 浪(去聲, 平聲)

眼邊江舸何匆促 ●○○●○○●
未待安流逆浪歸 ●●●○○●○
눈 앞 강 배는 왜 다급한가?
평안한 물결 기다리지 않고 파랑 맞아 돌아가다니.
- 권15「雨不絕」-

萬里橋西一草堂 ●●○○●●○
百花潭水卽滄浪 ●○○●●○○
만리교 서쪽에 한 초당 있으니,
백화담의 물은 곧 창랑수 같네
- 권9「狂夫」-

'浪'자에 대해『두시상주』에서는 아무런 표시가 없다. 그런데 王力은 이를 구분하여 설명하고 있다.36) '滄浪' 같이 물 이름일 때는 平聲으로 읽는다.

● 斂(去聲, 平聲)
『두시상주』에서는 세 가지 형태(平聲, 去聲, 무표시)로 나타난다.

倚門固有望 ●○●●●
斂衽就行役 ●●●○●
문에 기대어 (돌아올 날을) 틀림없이 기다리실테니,
옷깃을 여미고 길을 떠날 수 밖에.
- 권6「送李校書二十六韻」-

---

36) 왕력 저(송용준 역), 전게서, p.341.

馬嘶思故櫪 ●○○●●
歸鳥盡斂翼 ○●●●●
말은 울면서 옛 마굿간 생각하고,
새들은 돌아가서 모두 날개 거두었네.

- 권8「別贊上人」-

‘斂’자는 上聲과 去聲으로 읽는다. 따라서 위 시들은 아무런 표시가 없지만, 측성으로 쓰였다. 두시 전체에서 ‘斂’자가 들어있는 15수 중에서 去聲으로 읽는 시는 5수[37]이고, 平聲은 단 1수뿐이다.

恐乖均賦斂(去聲) ●○○●●
不似問瘡痍 ●●●○○
매겨서 거두는 것이 고르지 않을까 두려우니,
백성의 고통을 위문할 것 같지 않네.

- 권16「夔府書懷四十韻」-

築場看斂(平聲)積 ●○○○●
一學楚人爲 ●●●○○
마당을 다져 만들어 거두고 저장함을 지켜보며,
초땅 사람들이 하는 일 한결같이 배우노라.

- 권20「從驛次草堂復至東屯茅屋二首(1)」-

---

37) 鞭撻其夫家, 聚斂貢城闕(권4, 「自京赴奉先縣詠懷五百字」), 使者分王命, 群公各典司(권16, 「夔府書懷四十韻」), 時危賦斂數, 脫粟爲爾揮(권19, 「甘林」), 甲兵年數久, 賦斂夜深歸(권20, 「夜二首(2)」), 開視化爲血, 哀今徵斂無(권23,「客從」).

‘斂’자가 지명일 때 平聲으로 읽히지만 그 외는 上聲과 去聲으로 읽혀 平聲이라 함은 설명이 되지 않는다. 다만 옛날에는 聚集의 뜻으로 ‘歛’자와 ‘斂’자를 같이 썼다. ‘歛’자는 去聲(勘韻)과 平聲(覃韻)으로 뜻도 같이 사용하였다.

● 論(平聲, 去聲)

구조오는 ‘論’자 80여 개 중에서 대다수를 차지하는 平聲(60여개 이상) 글자에만 표시하고 있다.

時危當雪恥 ○○○●●
計大豈輕論(平聲) ●●●○○
시절이 위급하니 반드시 치욕을 씻어야 하고,
계책이 크니 어찌 가벼이 논하랴.

- 권9「建都十二韻」 -

위 시는 평성이라 표시하였으나 아래 시는 아무런 표시가 없다. 왕력은 ‘餘論’의 ‘論’자를 去聲으로 보고 있다.[38]

時聞有餘論 ○○●○●
未怪老夫潛 ●●●○○
때때로 뒷얘기가 돈다는 말 들리지만,
늙은이 숨어 산다고 흉보지는 않는다네.

- 권10「晚晴』 -

---

38) 왕력 저(송용준 역), 전게서, p.325.

- 料(去聲, 平聲)
  賦料(義從平聲 讀用去聲)揚雄敵 ●●○○●
  詩看子建親 ○○●●○
  부는 양웅과 필적할 만하다고 여겼고,
  시는 조자건에 가깝다고 보았습니다.

  　　　　　　　　　　　- 권1「奉贈韋左丞丈二十二韻」 -

이 시에서 '料'자의 경우 의미로는 平聲으로 읽고 시에서는 去聲으로 읽어야 한다는 뜻이다. '헤아리다'는 뜻은 통고저이나 여기서는 측성으로 쓰였다는 의미이다.

　　百年賦命定 ●○●●●
　　豈料(平聲)沈與浮 ●○○●○
　　백 년의 타고난 명은 정해져 있는데,
　　어떻게 부침을 헤아리겠는가?
　　　　　　　　　　　- 권5「送韋十六評事充同谷郡防禦判官」 -

- 屢(去聲)
  羸瘠且如何 ○●●○○
  魄奪鍼灸屢(叶去聲) ●●○●●
  여위고 파리한 몸 어찌 하리오,
  넋이 빠질 만큼 침과 뜸을 자주 했네.

  　　　　　　　　　　　- 권22「詠懷二首(2)」 -

이 시에서 운자로 쓰인 글자들(慕, 暮, 顧, 素, 寓, 樹, 度, 具, 務, 數, 杜, 懼, 住, 路, 騖, 屢, 怒, 訴, 屨, 步)이 모두 去聲 遇韻에 속

한다. 아래 시는 아무런 표시가 없지만 역시 去聲으로 읽는다.

　　緣情慰漂蕩 ○○●○●
　　抱疾屢遷移 ●●●○○
　　정에 따라 시를 지으며 떠도는 신세 위로했고,
　　병을 안은 채 자주 옮겨 다녔노라.

- 권18「偶題」 -

● 滿(去聲)
　　螺蚌滿(蕭氏云 滿 讀平聲)近郭 ○●○●●
　　蛟螭乘九皐 ○○○●○
　　고등과 조개가 가까운 성곽에 가득하고,
　　교룡은 깊은 늪을 타게 되었습니다.

- 권1「臨邑舍弟書至苦雨黃河泛溢堤防之患…」 -

‘滿’자는 자전에는 平聲이 보이지 않는데, 『杜詩詳註』에서는 蕭氏가 ‘滿’자는 平聲으로 읽는다는 설을 주로 달았다.

　　扁舟欲往箭滿眼 ○○●●●●●
　　杳杳南國多旌旗 ●●○●○○○
　　편주로 가려 해도 화살이 눈앞에 가득하고,
　　아득한 남국에는 깃발만 많구나.

- 권8「乾元中寓居同谷縣作歌七首(4)」 -

이 시는 아무런 표시가 없지만 ‘滿’자가 거성으로 읽는 예이다.

- 聞(去聲)

  家聲同令聞(去聲) ○○○●●
  時論以儒稱 ○○●○○
  가문(우리 조부)의 명성은 아름다운(그대 조부) 명망이 같아서,
  당시 여론은 유자라고 불렀습니다.

  － 권19 「寄劉峽州伯華使君四十韻」 －

‘聞’자가 거의 대부분은 平聲으로 읽고, 이 시는 유일하게 ‘聲望, 威望’의 뜻인 去聲으로 읽는다.

- 不

  隔屋喚西家 ●●●○○
  借問有酒不(妨鳩切) ●●●●○
  집 너머로 서쪽 이웃을 불러서,
  술이 있는지 물었네

  － 권3 「夏日李公見訪」 －

이 시에서 ‘不’자는 平聲 尤운의 운자(遊, 遊, 求, 不, 流, 秋, 稠, 幽, 留, 謀)로 사용되었다. 『杜詩詳註』에서는 ‘부(妨鳩切)’로 읽는다고 하여 平聲임을 표시하고 있다.

  未知天下士 ●○○●●
  至性有此不(音方鳩切) ●●●●○
  모르겠다. 천하의 선비 중에,
  지극한 성품이 이런 사람이 있을는지.

  － 권4 「晦日尋崔戢李封」 －

이 시도 마찬가지로 平聲 尤韻(裘, 柔, 頭, 由, 侯, 儔, 留, 求, 修, 酬, 愁, 不, 遊, 休, 憂, 謀, 洲, 流, 收, 浮)을 운자로 쓰고 있다.

- 夫(平聲)

  聲節哀有餘 ○●○●○
  夫(平聲)何激衰懦 ○○●○○
  그들의 명성과 절의엔 슬픔이 남아도니,
  어찌하여 쇠하고 나약한 나를 격동시키는가?

  － 권23「舟中苦熱遣懷奉呈陽中丞通簡臺省諸公」－

'夫'자는 平聲자이고 두시 전체 130여 수 가운데 이 시에만 平聲임을 표시하고 있다. 아래 시는 아무런 표시가 없기는 하나 평성으로 읽는 하나의 예이다.

  赤羽千夫膳 ●●○○○
  黃河十月冰 ○○●●○
  붉은 깃발 아래 천명이 밥을 먹는데,
  황하는 시월에 얼어붙었네.

  － 권2「故武衛將軍輓歌三首(2)」－

- 分(去聲)

  人生許與分(去聲) ○○●●●
  只在顧盼間 ●●●●○
  사람이 살아가며 인정해 주는 정분이란,
  단지 재빨리 해주는 데 달려 있다네.

  － 권6「義鶻行」－

‘分’자를 去聲으로 읽으면 ‘名分’, ‘分數’, ‘命分’의 뜻이 되는데, 두시에는 이 시 말고 다른 한 수가 더 있다.[39]

避寇一分散 ●●●○●
飢寒永相望 ○○●○●
도적을 피하여 한번 흩어지고 나니,
추위와 굶주림 속에 길이 서로 바라만 보게 되었네
— 권6「遣興三首(1)」—

『두시상주』에서 이 시처럼 아무런 표시가 없는 시는 平聲임을 밝힌 것이다.

● 比(去聲)

『杜詩詳註』에서는 去聲, 무표시, 반절 식으로 표시하고 있다.

比(去聲)看伯叔四十人 ●○●●●●○
有才無命百寮底 ●○○●●○●
예전에 백부 숙부 마흔 분을 보면,
재주는 있지만 명운이 없어 백관의 아랫자리에 있었네
— 권19「寄狄明府博濟」—

此邦千樹橘 ●○○●●
不見比封君 ●●●○○
이 고을 천 그루 귤나무가 있으나,

---

39) ‘此生遭聖代, 誰分哭窮途’(권12 「大曆三年春白帝城放船出瞿塘峽久居夔府將
   適江陵漂泊有詩凡四十韻」).

제후로 봉해진 것에 견줄 정도는 아니라네
- 권18「暮春題瀼西新賃草屋五首(2)」-

休怪兒童延俗客　○●○○○●●
不敎鵝鴨惱比鄰　●○○○●●○○
아이들이 속객 끌어들임을 괴이히 여기지 말 것이며,
기러기와 오리로 하여금 이웃을 성가시게 하지 않으리라
- 권13「將赴成都草堂途中有作先寄嚴鄭公五首(2)」-

比(必二切)年病酒開涓滴　●○○●●○○
弟勸兄酬何怨嗟　●●○○○●○
근년에 술병이 났어도 몇 방울 마시리니,
아우와 형이 권커니 잣거니 하면 무슨 한이 있으리오.
- 권21「舍弟觀赴藍田取妻子到江陵喜寄三首(3)」-

王室比(必二切 一作此)多難　●●●○●
高官皆武臣　○○○●○
왕실이 근래 환난이 많아,
고관이 모두 무신이라.
- 권12「送陵州路使君之任」-

比(必二切 一作此)來相國兼安蜀　●○○●○○●
歸赴朝廷已入秦　○●○○●●○
근래에 재상으로서 아울러 촉 땅을 안정시켰는데,
조정에 의탁하여 곧 진 땅에 들게 되겠지.
- 권19「季夏送鄉弟韶陪黃門從叔朝」-

‘比’자를 ‘必二切’로 표시한 곳은 전체 3수로 ‘이마적’, ‘근래’의
뜻으로 去聲(寘韻)으로 읽는다.

- 思(去聲)

   孔翠望赤霄 ●●●●○
   愁思(去聲 一作入)雕籠養 ○●○○●
   공작과 비취는 높은 하늘을 바라보며,
   화려한 새장에서 길러질까 시름하였습니다.
   – 권16「八哀詩　故著作郎貶台州司戶滎陽鄭公虔」 –

『杜臆』에서도 “‘思’는 去聲으로 읽는다”고 하였다.40)

- 事(去聲)

   貧賤人事(讀平聲)畧 ○●○○●
   經過霖潦妨 ○○○●○
   빈천한 형편에 사람된 도리를 제대로 못하였는데,
   찾아가는 길이 장맛비로 막혔습니다.
   – 권3「承沈八丈東美除膳部員外阻雨未遂馳賀奉寄此詩」 –

‘事’자는 주로 去聲으로 읽지만『康熙字典』에는 平聲의 예41)도
있다. 아래 시는 去聲으로 읽는다.

   能事聞重譯 ○●●○●

---

40)『杜臆』권7 :‘思’讀去聲.
41)『康熙字典』:『韻補』叶逝支切, 音時. (支韻).「《蔡邕詞》帝曰休哉, 命公三
　　事. 乃耀柔嘉, 是式百司.

嘉謨及遠黎 ○○●●○
능하신 일은 거듭 통역해야 하는 먼 곳에도 알려지고,
아름다운 계책은 먼 땅의 백성에게까지 미쳤습니다.
- 권3「奉贈太常張卿二十韻」-

- 喪(去聲, 平聲)
  那因喪(去聲 一作衰)亂後 ●○●●●
  便有死生分 ●●●○○
  어찌하여 난리 후에,
  곧 생과 사로 갈라지게 되었는가?
- 권14「懷舊」-

  存亡不重見 ○○●○●
  喪(平聲)亂獨前途 ○●●○○
  생사가 갈리도록 다시 보지 못한 것은,
  난리 속에 홀로 길에 나아갔기 때문이다.
- 권14「哭台州鄭司戶蘇少監」-

「懷舊」바로 다음에 나오는 시가 「哭台州鄭司戶蘇少監」이다. 같은 '喪亂'인데 앞 시는 去聲이고, 뒤의 시는 平聲이다. 두시에서 '喪亂'은 전부 19회 쓰였는데 이 가운데 平聲은 단 한 수이고, 나머지는 전부 去聲으로 표시되어 있어 의문스럽다.

- 扇(去聲)
  竹引趨庭曙 ●○○●●
  山添扇(義主平聲讀從去聲)枕涼 ○○●●○

대나무 숲에 새벽 햇살 비칠 때 마당을 공손히 지나가고,
산의 서늘한 기운이 스밀 때 베개 옆에서 부채질을 하시네
- 권6 「送許八拾遺歸江寧覲省甫昔時嘗客遊此縣…」 -

'扇'자의 '의미는 平聲(부채질하다)을 주로 하고 읽기는 去聲을 따른다(義主平聲 讀從去聲)'고 하여 去聲이라 하였다. 아래 시처럼 무표시는 去聲(부채)으로 읽으면 된다.

魚吹細浪搖歌扇 ○○●●○○●
燕蹴飛花落舞筵 ●●○○○●○
물고기는 잔물결 불어 노래 부르는 부채 흔들리고,
제비는 흩날리는 꽃을 박차 춤추는 자리에 떨어뜨리네
- 권3 「城西陂泛舟」 -

- 先(平聲, 去聲)
子弟先(義從去聲 讀從平聲)卒伍 ●●○●●
芝蘭疊瑛瑤 ○○●○○
자제들이 군대에서 앞장을 서니,
지란(자제)이 아름다운 옥에 겹쳐진 듯하네.
- 권18 「覽柏中丞兼子姪數人…」 -

移船先主廟 ○○○●●
洗藥浣花溪 ●●●○○
선주의 사당으로 배를 옮기고,
완화계에서 약초를 씻는다.
- 권14 「絶句三首(2)」 -

碧澗雖多雨 ●●○○●
秋沙先(去聲)少泥 ○○●●○
푸른 시내에 비록 비가 많이 내렸으나,
가을 모래엔 먼저 진흙이 적어졌다.

　　　　　　　　　　　　　　　　　　　　　　　- 권14「到邨」 -

　‘先’자가 들어있는 100여 수 가운데 위 시의 ‘義從去聲 讀從平聲’ 1수와 去聲 5수[42]를 제외하고는 「絶句三首(2)」와 같이 대부분 무표시이며 平聲으로 읽는다.

● 醒(去聲)
　煩促瘴豈侵 ○●●●○
　頹倚睡未醒(去聲) ○●●●●
번거롭고 짜증나는 더위가 어찌 침범하지 않으랴,
몸을 기대어 졸고 있으니 아직 깨어나지 못했네.

　　　　　　　　　　　　　　　　　　　　　　　- 권22「早發」 -

　‘醒’자는 통고저로 거의 平聲으로 쓰이지만 유일하게 이 시에서는 去聲 敬韻에 속하는 운자(病, 幷, 正, 命, 映, 醒, 鏡, 盛, 淨, 性, 聘, 柄) 중 하나로 쓰였다.

● 少(上聲, 去聲)

---

42) 碧澗雖多雨, 秋沙先少泥(「到邨」), 青溪先有蛟龍窟, 竹石如山不敢安(「絶句四首(2)」), 荷鋤先童稚, 日入仍討求(「除草」), 空山中宵陰, 微冷先枕席(「雨二首(2)」), 先蹋爐峰置蘭若, 徐飛錫杖出風塵(「留別公安太易沙門」).

少(上聲 一作小)年疑柱史 ●○○●●
多術怪仙公 ○●●○○
나의 젊은 주하사라 의심스럽고,
방술 많은 신선이라 괴이하게 여기네.
> - 권16「奉漢中王手札報韋侍御蕭尊師亡」

溫溫昔風味 ○○●○●
少(去聲)壯已書紳 ●●●○○
온화했던 옛날의 풍모를,
내가 젊었을 때부터 이미 큰 띠에 써두었네
> - 권16「八哀詩　贈太子太師汝陽郡王璡」-

‘少’자가 들어가는 240여 수 대부분은 무표시이고, 去聲은 50여 수이고, 上聲은 한 수 뿐이다. 一作 ‘小’자도 上聲(篠韻)에 속한다.

- 首(去聲)
  孟冬方首(去聲)路 ●○○●●
  强飯取崖壁 ○●●○●
  초겨울에 막 길을 나서서,
  밥 힘써 먹고 절벽을 타야지
  > - 권20「鄭典設自施州歸」-

‘首’자를 去聲으로 읽으면 ‘향하다’. ‘출발하다’의 뜻이 되어, 이 시의 ‘首路’는 ‘길을 나서다’. ‘출발하다’는 뜻이 된다.

- 戌(上聲)

聽婦前致詞 ●●○●○
三男鄴城戍(叶上聲) ○○●○●
며느리가 앞에 와서 하는 얘기 들어보니,
삼남이 업성의 수자리로 갔다 하네.

- 권7 「石壕吏」 -

이 시의 운자는 '村, 人, 看, 怒, 苦, 戍, 至, 死, 矣, 人, 孫, 裙, 衰, 歸, 歡, 絶, 咽, 別'인데, 여기서 '怒, 苦, 戍' 중 앞의 두 자는 上聲(麌韻)과 去聲(遇韻) 둘 다 된다. 그러므로 去聲(遇韻)의 '戍'자도 上聲으로 협운할 수 있다는 것이다. 무표시 '戍'자는 그대로 去聲이 되는 셈이다.

萬國盡征戍 ●●●○○
烽火被岡巒 ○●●○○
만국이 다 출정하여 수자리를 서니,
봉화가 산등성이를 덮는다.

- 권7 「垂老別」 -

● 數(入聲, 上聲)
崆峒五原亦無事 ○○●○●●●
北庭數(音朔)有關中使 ●○●●●○●
공동과 오원에도 역시 일이 없어,
북정(도호부)에는 자주 관중으로 가는 사신이 있었다지.

- 권15 「近聞」 -

天子朝侵早 ○●○○●

雲臺仗數(音朔)移 〇〇●●〇
천자의 조회는 새벽부터 시작되고,
운대의 의장은 자주 이동하네.

- 권15 「贈崔十三評事公輔」 -

이 두 수는 音이 朔이라 하여 入聲임을 밝히고 있다.

青山澹無姿 〇〇●〇〇
白露誰能數(上聲) ●●〇〇●
청산이 흐릿하여 자태가 없으니,
흰 이슬을 뉘 셀 수 있으랴

- 권15 「雨二首(1)」 -

濟世數(所主切)嚮時 ●●●●〇
斯人各枯冢 〇〇●〇●
예전에 세상을 구하던 이들 헤아려보나,
이분들은 저마다 마른 무덤 속에 있네.

- 권18 「晚登瀼上堂」 -

『杜詩詳註』에 반절(所主切)로 표시된 '數'자는 19회 나오는데 上聲(麌韻)으로 읽는다. 『杜臆』에서도, "'數'자는 上聲으로 읽고, 헤아리다는 뜻이다"[43]라고 하여 仇兆鰲 와 같은 성조로 읽었다.

한편 같은 시의 글자를 두고 『杜詩詳註』(삭)와 『杜臆』(수)이 서로 다르게 읽는 경우도 있다.

---

43) 『杜臆』 권8 : '數' 讀上聲 謂計數之也,

黃衫年少來宜數(先角切『杜臆』音所主切) ○○○●○○●
不見堂前東逝波 ●●○○○●○○
노란 적삼 입은 젊은이, 의당 자주 와야 하니,
집 앞 동으로 가는 물결을 보지 못했는가?

- 권10「少年行二首(2)」-

『杜詩詳註』에서는 '先角切'(독음 삭) 入聲으로 '자주'라는 뜻으로 보았다. 그런데 『杜臆』에서는 "'黃衫年少來宜數'에서 '數(수)'는 上聲으로 읽는다. 둥지의 제비와 강가의 꽃 중에서 아직 떠나지 않은 것이 얼마인지, 아직 피어 있는 것이 얼마인지 헤아려 보면 의당 시간을 아쉬워하여 동을 흘러가는 물결에 조심스러운 마음이 생길 것이라는 말이다."44)라고 하여 서로 다른 견해를 보이고 있다.

● 乘(平聲, 去聲)
有客乘舸自忠州 ●●○○●●○○
遣騎安置瀼西頭 ●○○○●○○○
배를 타고 충주에서 오는 손님이 있어,
말을 보내 양서 마을 어귀에 편히 모셨네.

- 권20「簡吳郎司法」-

戎馬日衰息 ○●●○●
乘(去聲)興安九重 ●○○○●○
전마는 날로 줄어들어 그치고,

───────────

44) 『杜臆』 권4 : '黃衫年少來宜數'. '數'讀上聲 謂巢燕, 江花數其未去者幾許? 尙開者幾許? 則宜惜陰愛日, 而致徵於東逝之波也.

황제의 수레는 구중궁궐에서 평안하네

- 권18 「贈蘇四徯」 -

'乘'자 50여 자 중 대부분이 무표시이고, 9首만 去聲이라 하였다.
'乘輿', '萬乘' 등이 去聲에 속한다.

- 市(去聲)
  有能市(去聲)駿骨 ●○●●●
  莫恨少龍媒 ●●●○○
  준마의 뼈를 살 수 있는 자만 있다면,
  천리마 없다고 한탄할 것 없으리라.

- 권16 「昔遊」 -

'市'자는 『廣韻』을 비롯한 여러 字典에 上聲(紙韻) 뿐인데, 『杜詩詳註』에는 2수[45]가 去聲으로 되어 있어 의문이 생기지만 方言으로는 去聲이 된다.

- 仰(去聲, 平聲)
  世亂憐渠小 ●●○○●
  家貧仰(去聲)母慈 ○○●●○
  세상이 어지러워 그 어린 것 가여우니,
  집이 가난하여 어진 어미를 의지하고 있을 것이다.

- 권4 「遣興」 -

---

45) 다른 시 한 수는 '聞道南行市駿馬, 不限匹數軍中須'(권22 「惜別行送劉僕射判官」)이다.

翻身向天仰射雲 ○○●○●●○
一笑正墜雙飛翼 ●●●●●○○●

휙 몸을 돌려 하늘을 올려보고 구름을 쏘면,
웃음 한 번에 날던 새 한 쌍이 바로 떨어졌네.

- 권4「哀江頭」 -

'仰'자가 去聲은 '의지하다'는 뜻이 되고, 上聲이면 '우러르다', 平
聲이면 '높다'는 뜻이 되는데, 去聲으로 쓰인 용례는 이 시 한 수
뿐이고, 대부분은 上聲이다.

- 也(上聲, 去聲)

  白也詩無敵 ●●○○●
  飄然思不群 ○○●●○

  이백은 시가 무적,
  표연하여 그 생각 무리와 다르네.

- 권1「春日憶李白」 -

  西蜀櫻桃也(去聲)自紅 ○●●○○●●○
  野人相贈滿筇籠 ●●○●●○○

  서촉의 앵두도 역시 절로 붉어,
  농부가 바구니에 가득 보내왔네.

- 권11「野人送朱櫻」 -

  黃卷眞如律 ○●○○●
  靑袍也(去聲)自公 ○○●●○

  황권(근무 평가 문서)은 참으로 법률 같고,

청포(막료 복장)를 입었어도 또한 공관에서 돌아오네.

- 권14「遣悶奉呈嚴公二十韻」-

‘也’자를 去聲으로 읽으면, ‘또한’의 뜻이 된다. 『杜詩詳註』에는 10곳이 去聲으로 표시되어 있고, 나머지는 전부 무표시이다.

- 與(去聲, 平聲)

賜浴皆長纓 ●●○○○
與(去聲)宴非短褐 ●●○●●

목욕을 하사받은 이는 모두 관의 끈이 긴 높은 관리이고,
연회에 참여한 이는 짧은 갈옷 입은 백성이 아니었네.

- 권4「自京赴奉先縣詠懷五百字」-

與(讀平聲)子避地西康州 ○●●●○○○
洞庭相逢十二秋 ●○○○○●○

그대와 함께 서강주로 땅을 피하였었는데,
동정호에서 서로 만나니 열 두 해만이네

- 권23「長沙送李十一」-

『杜詩詳註』에서는 ‘與’자가 上聲의 뜻으로 가장 많이 쓰이므로 따로 표시하지 않고, 去聲과 平聲의 예만 하나씩 들고 있다. 앞의 시는 의미상 ‘참여하다’는 뜻이므로 去聲(御韻)이지만, 뒤의 시는 上聲(語韻)인데도 平聲으로 읽어야 하는 이유는 이 시의 각 구 첫 자(與, 洞, 遠, 竟, 久, 一, 李, 朔)가 모두 측성(仄頭)이므로 이 글자를 平聲으로 읽으면 詩病을 면하게 되는 것이다.

● 汗(去聲, 上聲)
　稀間苦突過 ○○●●○
　觜距還汚(去聲)席 ●●○●●
　듬성듬성한 틈으로 뛰쳐나오는 것 괴로우니,
　부리와 발톱으로 또다시 자리를 더럽힌다.

- 권15「催宗文樹雞柵」-

　氣暍腸胃融 ●●○●○
　汗濕衣裳汙(上聲 一作腐) ●○○○●
　몸은 더위를 먹어 위장이 녹아내리고,
　땀으로 축축해져 옷이 더러워졌네.

- 권15「雷」-

　'汗'자는 去聲이 대부분이고, 上聲으로 읽히는 예는 하나 뿐이다. 그러나 자전에는 上聲이 없다. 다만 이 시의 운자(雨, 苦, 鼓, 僂, 補, 數, 古, 主, 取, 睹, 虎, 愈, 弩, 聚, (汙), 圃)는 上聲 麌韻이므로 叶韻한 것으로 보인다. 一作 '腐'자는 上聲 麌韻에 속한다.

● 要(去聲)
　莫道新知要(義從平聲 讀用去聲) ●●○○●
　南征且未回 ○○●●○
　새로운 지기 중요하다고 말하지 마라,
　남쪽으로 떠나면 장차 돌아오지 않으리니.

- 권22「發白馬潭」-

　이 시의 '要'자에 대해 仇兆鰲는 "의미는 平聲을 따르고 시에서는 去聲으로 읽어야 한다"고 하였다. 이 시는 오언율시로 平聲 灰韻을 운자로 사용하였다. 그러므로 운자의 자리가 아닌 '要'자는 '중요하다'는 平聲의 뜻을 지녔지만 측성으로 읽어야 하는 것이다.

- 願(去聲)

  乞爲寒水玉 ●○○●●
  願作冷秋菰 ●●●○○
  차가운 수정이 되기를 바라고,
  서늘한 가을 줄풀이 되기를 원하였네

               － 권15「熱三首(1)」 －

  庶以勤苦志 ●●●○●●
  報茲劬勞願(叶上聲 吳作顯) ●○○○○●
  각고의 부지런함으로써,
  이 고생했던 부모의 바람에 보답하고자 했습니다.

               － 권16「八哀詩　故秘書少監武功蘇公源明」 －

'願'자는 자전에는 去聲(願韻)만 표시된 곳이 많다. 그러나『集韻』에는 上聲(阮韻)이 있고, 그 예로『詩經』<鄭風>「野有蔓草」의 '나의 소원에 꼭 맞도다(適我願兮)'를 들고 있다. 위「八哀詩」시는 上聲 銑韻을 운자(兗, 典, 巘, 泫, 蘚, (願) ~)로 사용하였기에 '願'자는 上聲으로 협운한 것이다. 一作 '顯'도 上聲(銑韻)이다.

- 爲(平聲, 去聲)

  何爲西莊王給事 ○○○○○●●

柴門空閉鎖松筠 ○○○●●○○
어찌해서 서쪽 별장의 왕급사는,
사립문을 공연히 닫아걸고 송죽 사이에 가두었는가?
- 권6「崔氏東山草堂」-

이 시처럼 『杜詩詳註』에는 400여 개의 '爲'자가 나오지만 대부분 표시가 없고, 去聲 118개에만 去聲 표시(아래 시 참조)를 하고 있다. 위 시에 대해 『杜臆』에서는 "'何爲'는 平聲으로 읽어야 한다"46)고 하였다.

十年可解甲 ●○●●●
爲(去聲)爾一霑巾 ○●●○○
십 년 세월에 갑옷을 벗을 수나 있었는가?
그대를 위해 한번 수건이 젖도록 운다네.
- 권15「熱三首(3)」-

이처럼 '爲'자를 '위하여'로 풀이하면 去聲(寘韻)으로 읽는다.

- 應(平聲, 去聲)
  浪簸船應(平聲)坼 ●●●○●
  杯乾甕卽空 ○○●●○
  파도가 흔들어 배는 응당 부서졌겠고,
  술잔이 마르고 술독도 비었을 것이라.
  - 권14「遣悶奉呈嚴公二十韻」-

---

46) 『杜臆』 권2 : '何爲' 當讀平聲.

卑飛欲何待 ○○●○●
捷徑應(去聲)未忍 ●●●●●
낮게 날며 무슨 바람이 있으리오,
지름길로 감을 차마 하지 않았거늘.

- 권14「贈鄭十八賁」 -

　‘應’자에 대해 平聲(蒸韻)만 표시하고, 去聲(徑韻)은 위 시 한 수에만 표시되어 있다. 去聲으로 읽으면 ‘응하다’, ‘승낙하다’, ‘和同하다’. ‘조짐’ 등의 뜻이 된다.

● 衣(去聲)
地偏初衣(去聲)裌 ●○○●●
山擁更登危 ○●●○○
외진 곳이라 처음으로 겹옷을 입었고,
겹겹 두른 산이라 더욱 높은 곳으로 올랐다.

- 권14「雲安九日鄭十八攜酒陪諸公宴」 -

　‘衣’는 去聲(未韻)으로 세 곳에 나오는데 ‘옷을 입다’는 동사로 쓰인다. 平聲(微韻)으로 읽으면 ‘옷’이라는 명사로 쓰인다.

● 作(去聲)
深知好顏色 ○○●○●
莫作(廣韻入去聲)委泥沙 ●●●○○
좋은 빛깔 깊이 아니,
진흙에 떨어지지는 말라.

- 권11「花底」 -

‘作’자에 대해 “『廣韻』에 입성과 거성이 있다”고 하였다. 원래 입성이던 것이 거성으로 변한 것이다. 去聲으로 읽으면 做자와 통하여, 그 음도 ‘주, 자’가 된다. 따라서 시의 ‘莫作’는 ‘막주, 막자’로 읽어야 한다.

- 長(去聲, 上聲)
  官聯辭冗長(去聲) ○○○●●
  行路洗敧危 ○●●○○
  관직으로는 한직을 사임하고,
  인생행로는 위험 길에서 옮겼네.

－ 권15「贈崔十三評事公輔」 －

‘長’자를 去聲(漾韻)으로 읽으면 ‘많다’는 뜻이 된다. 따라서 ‘冗長’은 ‘많아서 남아돌다’는 뜻이 된다.

  在汝更用文章爲 ●●●●○○○
  長(上聲)兄白眉復天啓 ●○●○●●○
  (중략)
  禁中決策請房陵 ●○●●●○○
  前朝長(上聲)老皆流涕 ○○●●○○●
  네게 있어서는 또 문장으로 일할 만하고,
  큰형의 백미는 또 하늘이 내려주신 것이다.
  (중략)
  궁궐에서 계책을 결정하여 방릉(중종)을 모시니,
  이전 조정의 장로(원로대신)들이 모두 눈물을 흘렸지.

－ 권19「寄狄明府博濟」 －

'長'자를 上聲(養韻)으로 읽는 예는 뒤에서 상술할 것이다.

- 爭(平聲, 去聲)
  龍蛇不成蟄 ○○●○●
  天地劃爭迴 ○●●○○
  용과 뱀은 겨울잠을 못 이루고,
  하늘과 땅이 홀연 다투어 돈다.

- 권20「雷」 -

  廷爭(義從去聲 讀用平聲)酬造化 ○○○●●
  樸直乞江湖 ●●●○○
  조정에서 간쟁하여 조화에 답했고,
  질박하고 우직하다 하여 강호를 주셨도다.

- 권21「大曆三年春白帝城放船出瞿唐峽…」-

'爭'자가 50여 회 나오지만 去聲(敬韻)의 뜻으로 쓰인 예는 이 시 하나 뿐이다. 그러나 이 시에서 '爭'자의 의미는 '諫諍하다'는 去聲을 따라야지만 시에서는 平聲으로 읽어야 한다고 하였다.

- 重(平聲, 去聲)
  重(平聲)陽獨酌杯中酒 ○○●●○○●
  抱病起登江上臺 ●●●○○●○
  중양절에 홀로 잔 속의 술을 따르다가,
  병을 안고 일어나 강가의 누대에 올랐네.

- 권20「九日五首(1)」 -

徑隱千重石 ●●○○●
帆留一片雲 ○○●●○
길은 천 겹의 바위에 숨었고,
돛은 한 조각 구름에 머물렀다.

- 권20 「秋野五首(5)」 -

殊方又喜故人來 ○○●●●○○
重鎭還須濟世才 ●●○○●●○
다른 땅에 또 옛친구가 옴을 기뻐하니,
요충지엔 또한 모름지기 세상 건질 재주라야 하네.

- 권13 「奉待嚴大夫」 -

吟詩重(義從平聲 讀用去聲 一作坐)迴首 ○○●○●
隨意葛巾低 ○●●○○
시를 읊으며 거듭 고개를 돌리노라니,
갈건이 멋대로 아래로 처지는구나.

- 권20 「課小豎鉏斫舍北果林枝蔓荒穢淨訖移床三首(2)」 -

중간 두 수는 아무런 표시가 없고, 끝의 시는 "의미는 平聲을 따라야지만 읽을 때는 去聲을 쓴다"라 하였다. '거듭하다'는 平聲(冬韻)의 뜻이지만 5언율시의 격식에 맞추어 측성으로 읽은 것이다. 一作 '坐'도 去聲(箇韻)에 속한다. 이러한 예는 전체 7수[47]가

---

47) 貴賤具物役, 從公難重(義從平聲 讀用去聲. 이하 생략)過(「陪李北海宴歷下亭」), 故人能領客, 攜酒重相看(「王竟攜酒高亦同過共用寒字」), 幾時杯重把, 昨夜月同行(「奉濟驛重送嚴公四韻」), 天險終難立, 柴門豈重過(「懷錦水居止二首(1)」), 吟詩重迴首, 隨意葛巾低(「課小豎鉏斫舍北果林枝蔓荒穢淨訖移床三首(2)」), 林香出實垂將盡, 葉蔕辭枝不重蘇(「寒雨朝行視園樹」), 武德開元

있다.

- 中(平聲, 去聲)
  榮名忽中(平聲)人 ○○●●○○
  世亂如蟣蝨 ●●○◐●
  영예로운 명성에 사람은 갑작스레 해를 입으니,
  서캐와 이처럼 어지러운 세상이어라.

- 권20 「寫懷二首(2)」 -

이 시에서 '中'자는 '해치다(傷也)'의 뜻이다. 따라서 '中人'은 다른 사람에게 해를 입히는 것이다. 『杜詩詳註』에서는 平聲이라 하였으나 모든 자전에는 去聲(送韻)으로 되어 있다. '中風', '中毒'의 '中'자이다. '中'자에 대해서는 뒤에서도 언급할 것이다.

- 春(上聲)
  此生任春(讀上聲『周禮』梓人春以功)草 ●○○○●●
  垂老獨漂萍 ○●●○○
  이 삶은 솟아나는 봄풀에 맡긴 채,
  늘그막에 홀로 떠도는 부평초랍니다.

- 권2 「贈翰林張四學士垍」 -

'春'을 上聲(軫韻)으로 읽으면 '蠢動'의 '蠢'자와 같아 '움직이다', '꿈틀거리다'는 뜻이 된다. 구조오는 『周禮』 <冬官考二記> 「梓人」의, "가죽 과녁을 펼쳐서 정곡을 붙이면 행동거지를 예법에 맞게

際, 蒼生豈重攀(「有歎」).

하여 공덕을 세운다(張皮侯而棲鵠, 則春以功)"를 예로 들었다. 이
때 '春(준)'은 蠢의 뜻으로, 鄭玄은 '作也', '出也'라 하였다.

* 歎(平聲)
  憶昔少壯日 ●●●●●
  遲回竟長歎(平聲) ○○●○○
  지난 젊은 날들을 생각해 보고는,
  머뭇거리며 결국 길게 탄식하노라.

  − 권7「垂老別」−

  이 시에서는 운자로 平聲(寒韻)을 사용하였으나, 다른 시48)에서
는 모두 去聲(翰韻) 운자로 쓰였다.

* 頗(平聲, 上聲)
  廉頗仍走敵 ○○○●●
  魏絳已和戎 ●●●○○
  염파처럼 여전히 적을 도주케 하기도 하고,
  위강처럼 이미 융과 화해하였습니다.

  − 권3「投贈哥舒開府翰二十韻」−

  喧卑方避俗 ○○○●●
  疎快頗宜人 ●●●○○
  시끄럽고 비천한 속세를 비로소 피하고,

---

48) '臨風獨回首, 攬轡復三歎'(「白沙渡」), '我生苦飄零, 所歷有嗟歎'(「通泉驛南去
通泉縣十五里山水作」), '扣寂豁煩襟, 皇天照嗟歎'(「舟中苦熱遣懷奉呈陽中丞
通簡臺省諸公」), '妻孥復隨我, 回首共悲歎'(「逃難」).

탁 트이고 쾌적해 자못 마음에 드네.

- 권9「有客」-

'頗'자가 40여회 나오지만『杜詩詳註』에서는 四聲을 구분하는 시도가 없다. 다만 왕력은 平聲과 上聲으로 구분하여 예를 들었다. '廉頗' 같은 인명일 때는 平聲(歌韻)으로 읽고, '자못', '바르지 못하다'는 뜻으로는 上聲(哿韻)으로 읽었다. '頗'자에 대해서는 뒤에서도 서술할 것이다.

- 判(去聲, 平聲)

到此應常宿 ●●○○●
相留可判年 ○○●●○

이곳에 이르면 늘 묵어야 할 것이니,
머물게 해주신다면 한 해라도 보낼 수 있을 것이네

- 권3「重過何氏五首(5)」-

'判'자는 두시 전체에 3회(제목에 나오는 '判官'은 제외) 나온다.「將赴成都草堂途中有作先寄嚴鄭公五首(3)」의 '先拚(一作 判)一飮醉如泥'까지 합치면 4회라 할 수 있다. 왕력은 위 시의 '判'자를 去聲(翰韻)으로 쓰인 용례로 들고 있는데 이에 대한 제설이 분분하다. 朱鶴齡은

古音은 많은 경우 사성을 호용(互用)하는데 당나라 사람도 여전히 이러한 법을 알고 있었다. 이를테면 '판(判)'은 본래 去聲이지만 역시 平聲으로도 읽는다.『오월춘추』의 '한 병사가 목숨을 내던져

백 명을 당해 낸다(一士判死兮而當百夫)'와 왕균의 「行路難」의 '슬픔
과 원망을 품은 채 죽지 않겠다고 다짐하다(含情蓄怨判不死)'가 이
런 예이다. 음과 뜻이 '반(拚)'과 통한다. 杜詩에서는 '반(拚)'자가 모
두 '判'자로 되어있다. 이 시의 '可判年'은 1년이라도 버릴 수 있다는
말과 같다. 또 손면의 『당운』에는 '拚'자가 스물세 번째 '阮'韻에 수
록되어 있고 『옥편』에서는 '拚'의 또 다른 음이 '반(伴)'이라고 하였
으니, '拚'자가 바로 측성을 따라 叶韻할 수 있지만 반년으로 풀이한
것은 아니다.49)

라고 하였다.

仇兆鰲도 "옛 주에서는 (정현의) 『禮記注』에 '判(반)'은 '半'이라
는 풀이를 취하였다."고 하며 朱鶴齡의 주를 인용하였다.50)
'判'자에 '普官切 正作拚'이라는 註가 달린 다른 시가 또 하나 더
있다.

衣裳判(普官切 正作拚)白露　○○●●●
鞍馬信淸秋　○●●○○
옷은 흰 이슬을 상관 말고,
말은 맑은 가을에 맡겨 오거라.
– 권19「舍弟觀歸藍田迎新婦送示二首(2)」–

---

49) 『杜工部詩集』 권2 : 古音 多四聲互用 唐人猶知此法 如 '判'字本去聲 亦讀平
　　聲 『吳越春秋』 "一士判死兮而當百夫" 王筠「行路難」 '含情蓄怨判不死' 是也
　　音義與 '拚'通 杜詩 '拚'字都作 '判' 此詩 '可判年' 猶云可拚却一年耳 又孫勔
　　『唐韻』 '拚'字收入二十三阮 『玉篇』 '拚'一音 '伴' 則 '拚'字正可從仄聲叶 非
　　半年之解.
50) 『두시상주』 권3 : 舊注 『禮記注』 云 : '判', 半也. 朱注, ~ 이하 생략.

한편 王力은 "唐詩에는 분명히 平聲의 '判'자가 있다"[51]고 하며 平聲으로 쓰인 예를 다음과 같이 들고 있다.

縱飲久判人共棄　●●●○○●●
懶朝眞與世相違　●○○●●○○
한껏 술에 절어 (스스로) 버린 지 오래니 남들도 모두 (날) 버리고,
조회를 게을리하니 진정 세상과 서로 어긋나 버렸네.
　　　　　　　　　　　　　　　　　　－ 권6「曲江對酒」 －

'判'자는 판본에 따라 글자도 다르게 나타나지만,[52] 평측에 따라 의미도 달라지는 등 복잡한 문제이다. 이에 대해서는 차후 나올 두시 해석의 다양성에서 상술될 것이다.

- 荷(平聲, 上聲)
樽當霞綺輕初散　○○○●●○○●
棹拂荷珠碎却圓　●●●○○●●○
술동이 앞 노을 비단 같음을 대하니 가볍다 처음 흩어지고,

---

51) 王力, 『漢語詩律學』, (上海世紀出版集團, 2002), p.143 : 判, ㉠平声, 义与 現代"拚"字相近. 按 : 字典和韵书中, "判"字 都没有平声, 然而唐诗里 "判" 字 确有平声. 杜甫「曲江对酒」 : "纵饮久判人共弃, 懒朝眞与世相违." 温庭筠 「春日偶作」 : "夜闻猛雨判花尽, 寒恋重衾觉梦多", ㉡仄声(去), 判別, 裁判. 杜甫「重过何氏」 : "到此应常宿, 相留可判年" 按 : "判别"之义 不应用平声, 韦庄「出关」 : "一生惆帐为判花", 似于平仄未合.

52) ① '판(判)' : 『九家集注』, 『補註杜詩』, 『集千家註』, 『纂註分類杜詩』, 『杜詩 詳註』.
② '반(拚)' : 『分類集註』, 『瀛奎律髓』, 『唐詩品彙』, 『唐詩鏡』.
③ '변(拚)' : 『虞註杜律』, 『杜詩諺解』.
④ '반(拌)' : 『杜律集解』, 『杜律詳解』.

노가 연잎의 구슬을 떨치니 부서졌다가 도로 둥글어지네
- 권21「宇文晁崔彧重泛鄭監前湖」-

聖朝亦知賤士醜 ●○●○●●●
一物但荷(去聲)皇天慈 ●●●●○○○
성스러운 조정은 또한 천한 선비의 추함을 아시겠지만,
하나의 미물은 다만 하늘의 은총을 받고 있네.
- 권2「樂遊園歌」-

連檣荊州船 ○○○○○
有士荷(去聲)矛戟 ●●●○●
돛대를 연이은 형주의 배들,
창을 맨 병사들이 있구나
- 권15「雨二首(2)」-

'荷'자는 거의 모든 자전에 平聲(歌韻)과 上聲(哿韻)으로 구분되고 去聲은 보이지 않는데, 『杜詩詳註』에서는 13곳에 去聲으로 읽는다고 하고 있다.

● 翰(平聲, 去聲)
愼爾參籌畫 ●●○○●
從茲正羽翰(平聲) ○○●●○
신중히 계획에 참여하시고,
지금부터 날개를 가지런히 하십시오.
- 권5「送楊六判官使西蕃」-

縱使盧王操翰墨 ●●○○○●●
劣于漢魏近風騷 ●○●●●○○
설령 노조린, 왕발 등이 글을 지은 것이,
한위의 시들이 풍소에 가까운 것보다는 못하다 해도.
- 권11「戲爲六絶句(3)」 -

‘翰’자는 平聲(寒韻)과 去聲(翰韻)으로 다 쓸 수 있는 통고저인데, 앞의 시는 平聲(寒韻) 운자(寒, 難, 歡, 安, 寬, 官, 鞍, 看, 盤, 乾, 翰, 摶)로 사용되었다. 『杜詩詳註』에서 平聲으로 표시된 예는 이 한 수 뿐이다.

- 行(平聲, 去聲)
   未甚拔行(平聲)間 ●●●●○○
   犬戎大充斥 ●○●○●
   아직 대오 중에서 두각을 드러내지 않을 때,
   견융이 매우 많이 쳐들어왔네.
- 권16「八哀詩　贈司空王公思禮」 -

‘行間’(항간)은 ‘行伍(항오)의 사이’라는 뜻으로, 군중(軍中)을 가리킨다. 平聲(陽韻)으로 읽은 ‘行’자의 뜻이다.

不見江東弟 ●●○○●
高歌淚數行(戶郞切) ○○○●●
강동의 아우(杜豐)가 보이지 않으니,
높이 노래하며 몇 줄기 눈물을 흘리네.
- 권21「元日示宗武」 -

‘戶郞切’(항)으로 표시된 시는 전체 9수인데, 이 시는 平聲(陽韻)으로 운자(長, 方, 牀, 郞, 觴, 行)로 쓰였다.

物白諱受玷 ●●●●●
行(去聲)高無汚眞 ●○○●○

사물이 희면 흠을 입는 것 꺼리고,
행실이 고상하면 참됨을 더럽히는 일이 없는 법이다.

– 권21「敬寄族弟唐十八使君」–

‘行’자를 去聲(敬韻)으로 읽으면 ‘행실’, ‘일’, ‘德行’의 뜻으로 명사이다.

● 呼(平聲, 去聲)

長安市上酒家眠 ○○●●●○○
天子呼來不上船 ○●○○●●○

장안 저자의 술집에서 잠들어,
천자가 불러서 와도 배에 오르지 않네

– 권2「飮中八仙歌」–

馮陵大叫呼(去聲)五白 ○○●●●●●
袒跣不肯成梟盧 ●●●●○○○

신이 나서 크게 소리쳐 오백을 외치며,
웃통 벗고 맨발로 해 보지만 효로는 되지 않네

– 권1「今夕行」–

두시 전체에 ‘呼’자가 80여회 나오지만 대부분은 무표시로 平聲(虞韻)을 뜻하고, 去聲(遇韻)으로 쓰인 예는 위「今夕行」에서 찾아

볼 수 있다.

- 渾(平聲, 上聲)
  白頭搔更短 ●○○●●
  渾(平聲)欲不勝簪 ○●●○○
  희어진 머리 긁을수록 더욱 적어져,
  거의 비녀를 지탱할 수 없겠구나.

                                      – 권4「春望」 –

'渾'자는 18회 사용하였는데, 대부분 平聲이다. 이 시에서 '渾'자는 '거의', '아주'라는 뜻이다.

  誦詩渾(上聲 一作混)遊衍 ●○○○●
  四座皆辟易 ●●○●●
  시를 낭송함에 두루 여유가 넘쳐나니,
  온 좌중이 모두 놀라서 피하네.

                              – 권3「夜聽許十一誦詩愛而有作」 –

이 시에서 '渾'자는 上聲(阮韻)으로 '모두', '전부'의 뜻이다. 一作 '混' 역시 같은 上聲 글자에 속한다.

5. 칠언율시의 平仄兩用字 활용 양상

杜甫의 七言律詩 전체 8,456字(7언×8구×151수)에 활용된 평측양용자는 151수라는 분량의 한계가 있어 그 숫자는 더욱 줄어들 수밖에 없다. 두율 전체의 평측을 면밀히 검토하여 조사한 결과 두율에 활용된 평측양용자는 아래와 같이 세 가지 유형으로 분류할 수 있다. 판본에 따라 글자가 달리 나타날 수 있으므로 본 연구는 仇兆鰲의 『杜詩詳註』를 기본 텍스트로 하였음을 밝혀둔다.

(1) 平仄異讀同義

평측은 서로 다르게 읽지만 그 의미는 같은 글자, 즉 뜻과 음이 같은 글자가 句法에 따라 平聲으로도 읽고 측성으로도 읽는 경우를 말한다. 흔히 通高低字라고도 한다. 왕력은 이에 대해 "원래는 平聲으로 읽었지만 나중에 구어에서 측성으로 변했는데도(또는 측성과 겸하여 읽게 되었는데도) 시인들이 시를 읊을 때는 오히려 고대의 독법이나 당시의 독법을 임의로 사용하였기 때문이다"라고 설명하고 있다.

여기에 해당되는 글자로는 '看', '過', '那', '望', '聽' 등을 들 수 있다. 이 가운데 '看', '過'(經過의 過), '望'(觀望의 望)은 원래 平聲이 없었는데, 唐 이후에 去聲과 겸하게 되었다.[53]

두보 칠언율시 가운데 통고저로 쓰인 용례를 찾아내 평측에 따라 구분하여 열거하기로 한다.

---

53) 왕력 저(송용준 역), 전게서, pp.307-308.

① 看 : 154회(* 杜詩 전체의 回數이며, 제목에 포함된 글자는 不計)
『廣韻』에도 上平聲·二十五寒과 去聲·二十八翰에 함께 들어있다.
같은 음과 같은 의미(통고저)를 가졌으나 구법에 따라 平聲과 측
성으로 구분하여 읽는다.

㈎ 平聲(寒) : '보다'의 뜻이다.

不貪夜識金銀氣　●○●●○○●
遠害朝看麋鹿遊　●●●○○●○
탐하지 않으니 밤중에는 금은의 기운을 알아보고,
해침을 멀리하니 아침에는 사슴 노닒을 보게 되네.

－ 권1「題張氏隱居二首」⑥ －

春風自信牙檣動　○○●●○○●
遲日徐看錦纜牽　○●○○●●○
봄바람에 상아 돛대 움직이는 대로 절로 맡겨두고,
기나긴 봄날 비단 닻줄 끄는 것을 천천히 바라보네.

－ 권3「城西陂泛舟」④ －

且看欲盡花經眼　●○●●○○●
莫厭傷多酒入脣　●●○○●●○
져가는 꽃이 눈앞에 스쳐 지나감을 잠시 바라보노라니,
지나치게 많은 술이 입술에 들어옴을 싫어하지 말라.

－ 권6「曲江二首㈠」③ －

明年此會知誰健　○○●●○○●

醉把茱萸仔細看　　●●○○●●○
내년 이 모임에 누가 건재할지 알리오,
취하여 수유를 잡고서 자세히 바라보노라.
- 권6「九日藍田崔氏莊」⑧ -

慣看賓客兒童喜　　●○○●●○○
得食堦除鳥雀馴　　●●○○●●○
손님을 보는 데 익숙한 아이들은 기뻐하고,
섬돌에서 음식을 얻어먹는 새는 길들여졌네.
- 권9「南鄰」③ -

思家步月清宵立　　○○●●○○●
憶弟看雲白日眠　　●●○○●●○
고향집을 생각하며 달빛 아래 거닐다 맑은 밤을 서서 지새우고,
아우들을 그리워하며 구름을 바라보다 한낮에 잠이 드네.
- 권9「恨別」⑥ -

晝引老妻乘小艇　　●●●○○●●
晴看稚子浴清江　　○○●●●○○
낮에 늙은 아내를 데리고 작은 배를 타고,
갠 날 아이들이 맑은 강에서 멱 감는 것을 보네.
- 권10「進艇」④ -

看弄漁舟移白日　　○●○○○●●
老農何有罄交歡　　●○○●●○○
고깃배 노닒을 보노라니 해가 저물고,

늙은 농부는 무엇이 있어 사귀는 즐거움을 다할까.

- 권11「嚴公仲夏枉駕草堂兼携酒饌得寒字」⑦ -

雪嶺獨看西日落　　●●●○○●●
劍門猶阻北人來　　●○○●●○○

설령에 서녁 해 떨어짐을 홀로 보고,
검문은 북쪽(장안) 사람 옴을 여전히 막고 있네.

- 권11「秋盡」⑤ -

却看妻子愁何在　　●○○●○○●
漫卷詩書喜欲狂　　●●○○●●○

도리어 처자를 볼 것이니 시름이 어디에 있으랴?
아무렇게나 시서를 말면서 기뻐 미칠 듯하네.

- 권11「聞官軍收河南河北」③ -

葉心朱實看時落　　●○○●●○○
階面靑苔老更生　　○●○○●●○

잎새 가운데 붉은 열매는 보노라니 수시로 떨어지고,
섬돌 위의 푸른 이끼는 시들었다 다시 자라네.

- 권14「院中晚晴懷西郭茅舍」③ -

永夜角聲悲自語　　●●●○○●●
中天月色好誰看　　○○●●●○○

긴 밤 호각소리 구슬피 울려 혼자 말하는 듯하고,
하늘 가운데 달빛은 좋은데 누구와 보리오.

- 권14「宿府」④ -

卽看燕子入山扉　●○●●●○○
豈有黃鸝歷翠微　●●○○●●○
제비가 산 중 사립문으로 들어옴을 곧 볼 것이고,
어찌 꾀꼬리가 푸른 산자락을 지나감이 있지 않으리.

- 권14 「十二月一日三首㈢」① -

步簷倚仗看牛斗　●○●●○○●
銀漢遙應接鳳城　○●○○●●○
처마 밑을 거닐며 작대에 의지한 채 두우성을 바라보니,
은하수는 저 멀리 응당 봉성에 이어졌으리라.

- 권17 「夜」⑦ -

請看石上藤蘿月　●○○●●○●
已映洲前蘆荻花　●●○○○●○
청컨대 바위 위의 등나무 넝쿨에 비치던 달을 보라,
어느새 모래섬 앞의 갈대꽃을 비추고 있네.

- 권17 「秋興八首㈡」⑦ -

滄江白髮愁看汝　○○●●○○●
來歲如今歸未歸　○●○○○●○
창강에서 센 머리로 근심스레 너를 보니,
내년 이맘때는 돌아갈까 못 돌아갈까?

- 권19 「見螢火」⑦ -

此日此時人共得　●●●○○●●
一談一笑俗相看　●○●●●○○

이날 이때를 사람들이 모두 만족해하며,
애기하고 웃으며 (인일의) 풍속을 서로 즐기네.
- 권21 「人日二首」② -

不但習池歸酩酊　●●●○○●●
君看鄭谷去賨緣　○○●●●○○
단지 (山簡처럼) 습지에서 대취해 돌아갈 뿐 아니라,
정곡에 감도 연이어짐을 그대는 보게 되리라.
- 권21 「宇文晁尚書之子…」⑧ -

春水船如天上坐　○●○○○●●
老年花似霧中看　●○○○●○○
봄물의 배는 하늘 위에 앉은 듯하고,
늙은 나이의 꽃(구경)은 안개 속에서 보는 듯하네.
- 권23 「小寒食舟中作」④ -

雲白山靑萬餘里　○●○○●●●
愁看直北是長安　○○●●●○○
구름 희고 산 푸른 것이 만리 남짓 펼쳐져 있지만,
곧장 북쪽으로 가면 장안이기에 시름겹게 바라보네.
- 권23 「小寒食舟中作」⑧ -

舊入故園嘗識主　●●●○○●●
如今社日遠看人　○○●●●○○
옛날 고향 동산에 들어온 녀석은 일찍이 주인을 알아보더니,
지금 사일에 온 녀석은 멀리서 사람을 쳐다만 보네.

－ 권23「燕子來舟中作」④ －

㈏ 去聲(翰) : '보다'의 뜻이다.

『杜詩詳註』에서는 미표시된 곳(40여 수)도 많지만, 대부분은 平聲을 표시(110여 개)하였고, 去聲으로 표시한 시는 앞서 살핀 대로「鳳凰臺」한 수 뿐이다. 그런데 왕력은 去聲의 예로「賓至」를 들고 있다.(p.309)

不嫌野外無供給　●○●●●○○●
乘興還來看藥欄　○●●○○●●○
초야라 (아무) 대접할 것이 없는데 이를 싫어하지 않는다면,
흥이 날 때 다시 작약 울타리 보러 오시구려.

－ 권9「賓至」⑧ －

幸不折來傷歲暮　●●●●○○●●
若爲看去亂鄉愁　●○○●●●○○
(매화 가지) 꺾어 보내지 않아 세모의 맘 상치 않음이 다행이니,
만약 (그 꽃) 보게 되었더라면 향수로 (맘이) 혼란스러웠으리라.

－ 권9「和裴迪登蜀州東亭送客逢早梅相憶見寄」⑥ －

看君宜著王喬履　●○○○●○○●
眞賜還疑出尙方　○●○○○●●○
그대를 보아하니 왕교의 신을 신음이 마땅하니 ,
진짜로 하사하심이 또 아마도 상방에서 나오리라.

－ 권9「七月一日題終明府水樓二首㈠」⑦ －

楚江巫峽半雲雨　●○○●●○●
淸簟疎簾看奕棋　○●○○●●○
초강과 무협에 반쯤 구름과 비이니,
맑은 대자리와 성긴 발에서 바둑을 보노라.
- 권19「七月一日題終明府水樓二首㈡」⑧ -

年過半百不稱意　○○●●●●●
明日看雲還杖藜　○●●○○●○
나이가 반백이 지났지만 뜻에 맞는 일 없으니,
내일도 구름 보며 또 명아주 막대나 짚으리라.
- 권23「暮歸」⑧ -

② 過 : 168회

『廣韻』에는 下平聲·戈에 '經也', 去聲·過에 '誤也', '越也', '責也', '度也'라 하였다. '過'자는 원래 平聲일 때는 '지나가다(經過)'를 의미하고, 측성일 때는 '허물, 과오(過錯)'를 의미했지만, 晩唐 때 이르러 측성도 '지나다'라는 의미로 쓰이게 됐다.

'지나다', '지나가다'는 통고저이지만, '過失'의 뜻일 때는 반드시 去聲으로 읽어야 한다. 두율에서 '과실'의 뜻으로 쓴 예는 보이지 않는다.

㈎ 平聲(歌) : '지나다', '지나가다', '經過'의 뜻이다.

幽棲地僻經過少　○○●●○○●
老病人扶再拜難　●●○○●●○
그윽한 거처라 땅이 외져 지나는 이가 적고,

늙고 병들어 남의 부축에도 재배하기 어렵네.

- 권9「賓至」① -

獨把漁竿終遠去　●●○○○●●
難隨鳥翼一相過　○○●●●○○

홀로 낚싯대를 잡고 마침내 멀리 가 있으니,
새의 날개 따라(날아)도 한 번 만나기도 어렵겠지요.

- 권13「奉寄別馬巴州」⑥ -

總戎楚蜀應全未　●○●●○○●
方駕曹劉不啻過　○●○○○●○

초와 촉의 병권을 총괄하나 응당 (재주를) 온전히 못하였고,
(文才는) 曹植과 劉楨과 나란히 달려도 지나칠 뿐만 아니라네.

- 권13「奉寄高常侍」④ -

鳴雨旣過漸細微　○●●○○●○
映空搖颺如絲飛　●○○○●○○○

울리는 빗소리 벌써 그치고 점점 가늘고 약해지더니,
공중에 비치어 흔들리고 흩날리어 실처럼 날리네.

- 권15「雨不絶」① -

唯君最愛淸狂客　○○●●○○●
百遍相過意未闌　●●○○○●○

오직 그대만 맑게 미친 듯한 객을 가장 사랑하여,
백번을 (서로) 찾아가도 情誼가 다하지 않으리.

- 권18「遣悶戲呈路十九曹長」⑧ -

『杜詩詳註』에는 平聲으로 읽는 글자는 平聲이라고 표시를 해뒀으나, 이 시에는 아무런 표시가 없어 去聲으로 볼 수도 있다. 그러나 去聲으로 읽으면 2, 4不同의 원칙에도 어긋나고, 또 孤平이 되므로 平聲으로 읽는다.

年過半百不稱意　○○●●●●●
明日看雲還杖藜　○●○○○●○
나이가 반백이 지났지만 뜻에 맞는 일 없으니,
내일도 구름 보며 또 명아주 막대나 짚으리라.
- 권22「暮歸」⑦ -

娟娟戲蝶過閒幔　○○●●○○●
片片輕鷗下急湍　●●○○●●○
예쁘게 노니는 나비는 한가로운 (배의) 휘장을 스쳐가고,
편편이 가볍게 나는 갈매기는 급한 여울을 (따라) 내려가네.
- 권22「小寒食舟中作」⑤ -

㈏ 去聲(箇) : '지나가다', '허물', '과실', '지나치다'의 뜻이다.
愜疑茅堂過江麓　●○○○●●○
已入風磴霾雲端　●●○○●○○○
강기슭 초가를 지나는가 싶었는데
구름 끝에 파묻힌 바람 부는 돌계단에 이미 들어섰네
- 권1「鄭駙馬宅宴洞中」⑤ -

故憑錦水將雙淚　●○○●●○○
好過瞿唐灩澦堆　●●○○○●○

그런 고로 금강 물에 의지하여 두 줄기 눈물을 보내나니,
(험난한) 구당협 염여퇴를 잘 지나갔으면 하네.
- 권10 「所思」⑧ -

江鸛巧當幽徑浴 ○●●●○○●●
鄰鷄還過短墻來 ○○○○●●○○
강 위의 황새는 솜씨 좋게 그윽한 길에서 목욕하고,
이웃의 닭은 도로 낮은 담을 날아서 넘어오네.
- 권10 「王十七侍御掄許携酒至草堂…」④ -

過客徑須愁出入 ●●●●○○●●
居人不自解東西 ○○●●●●○○
지나가는 나그네는 곧 모름지기 들고 나감을 걱정해야 하고,
살던 사람도 (초당이 어딘지) 스스로 동서를 구분하지 못하리라.
- 권13 「將赴成都草堂途中有作先寄嚴鄭公五首㈢」③ -

幕府秋風日夜淸 ●●○○●●○
澹雲疎雨過高城 ●○○○●●○○
막부에 부는 가을바람이 밤낮으로 맑으니,
엷은 구름 성긴 비는 높은 성을 지나가네.
- 권14 「院中晚晴懷西郭茅舍」② -

楚王宮北正黃昏 ●○○○●○○
白帝城西過雨痕 ●●○○○●○
초왕의 궁전 북쪽은 바로 황혼녘인데,
백제성 서쪽은 지나간 비의 흔적 있네.

- 권15「返照」② -

身過花間霑濕好　○●○○○●●
醉於馬上往來輕　●○●●●○○
몸이 꽃 사이로 지나감에 젖어도 좋을테고,
말 위에서 취하면 오고 감이 가벼울 것이네.

- 권18「崔評事弟許相迎不到…」⑤ -

黃鶯過水翻廻去　○○●●○○●
燕子銜泥濕不妨　●●○○○●○
꾀꼬리는 물을 지나다 뒤치며 돌아가고,
제비는 진흙을 물고 젖어도 거리끼지 않네.

- 권18「卽事<暮春>」⑤ -

絶壁過雲開錦繡　●●●○○●●
疎松夾水奏笙簧　○○●●●○○
깎아지른 석벽에 지나가는 구름은 수놓은 비단 펼쳐놓은 듯하고,
성긴 소나무는 (계곡) 물을 끼고 생황을 연주하는 듯하네.

- 권19「七月一日題終明府水樓二首㈠」⑤ -

却爲姻婭過逢地　●○○●●○○
許坐曾軒數散愁　●●○○●●○
문득 인척이 지나가다 만날 땅으로 삼을 것이니,
높은 헌함에 앉아 자주 시름 흩도록 허락이나 해주게.

- 권20「簡吳郎司法」⑦ -

③ 那 : 32회

『廣韻』에는 下平聲·歌에, '何也', '都也', '於也', '盡也', 上聲·哿에 '俗言那事, 本音儺', 去聲·箇에, '語助'라 하였다. '어찌'라는 뜻으로는 平聲(歌韻), 上聲(哿韻)으로 통용하지만, '어찌할 수 없다'는 뜻일 때는 去聲(箇韻)으로만 읽는다.

㉮ 平聲(歌) : '어찌'의 뜻이다. 두율에서 上聲의 예는 보이지 않는다.

不有小舟能盪槳　●●●○○●●
百壺那送酒如泉　●○○●●○○
작은 배가 능히 노를 젓지 않았다면,
많은 항아리에다 어찌 샘솟듯한 술을 보내랴.

- 권3「城西陂泛舟」⑧ -

近侍卽今難浪迹　●●●○○●●
此身那得更無家　●○○●●○○
천자를 가까이 모시고 있어 이제는 떠돌기 어렵거니와
이 몸이 어찌 또 집이 없을 수 있으랴.

- 권6「曲江陪鄭八丈南史飮」⑥ -

巫峽寒江那對眼　○●○○○●●
杜陵遠客不勝悲　●○●●●○○
무협의 찬 강에서 어찌 눈에 마주 대하리,
두릉에서 멀리 와 있는 나그네는 슬픔을 이기지 못하네.

- 권18「立春」⑤ -

『杜詩詳註』에는 ‘那’자에 대해 「立春」시에만 平聲을 표시하고 있
다. 왕력은 아래 두 시도 平聲으로 읽는데54) 반해『杜詩詳註』에는
아무런 표시가 없다.

　　衰疾那能久 ○●○○●
　　應無見汝時 ○○○●●○
　　쇠약하고 병들었으니 어찌 오래 견딜까,
　　응당 너를 볼 때가 없을 것이다.

- 권9「遣興」-

　　山路時吹角 ○●○○●
　　那堪處處聞 ○○○●●○
　　산길에서 때때로 뿔피리 부니,
　　곳곳에서 들리는 것을 어찌 견디냐.

- 권5「留別賈嚴二閣老兩院補闕」)

　㈐ 去聲(箇) : ‘無那’, ‘無奈’, ‘어찌할 수 없다’는 뜻이다.
　두율에서는 아래 한 수 뿐이다.『杜詩詳註』에는 去聲 표시는 없
고 ‘乃箇切’로 표시하였다.

　　汝上相逢年頗多 ●●○○○●○
　　飛騰無那故人何 ○○○●●○○
　　문수 가에서 서로 만났던 햇수 자못 많으니,
　　날아오르듯 하니 친구를 (나로서는) 어쩔 수가 없다네.

---

54) 왕력 저(송용준 역), 상게서, p.337.

－ 권13「奉寄高常侍」② －

　　칠언율시는 아니지만 아래 시도 위 시처럼 반절(奴臥切)로 표시를 하였다. 어조사의 뜻으로 去聲(箇韻) 운자를 사용하였으니 去聲으로 읽는다.

> 白頭老罷舞復歌　●○○●●●○
> 杖藜不睡誰能那　●○○●●○○●
> 흰머리 늙어 지친 내가 춤추고 또 노래하면서,
> 지팡이 짚고 잠 못이루는 것을 누군들 어찌하랴.

－ 권21「夜歸」 －

　　'那'자에 대해 구조오는, "『左傳』'棄甲則那'의 주에, '那'는 '何'이다라고 하였고, 황생의 주에, '那'는 개구호(입을 벌리고 발음하는 것)로 바로 '奈'자이다. 이는 집안 사람이 빨리 자라고 재촉하는 것에 대꾸하는 말로, 또한 심야의 답답한 상황을 보여준다."고 하였다.55)

　　④ 望 : 142회
　　『廣韻』에는 下平聲·陽에 '看望', 去聲·漾에 '看望'이라 하였다. '望'자가 '보다', '바라보다'의 뜻일 때는 통고저이나, '聲望(名望)', '雅望', '슈望'의 뜻일 때는 반드시 去聲으로 읽어야 한다.

---

55) 『두시상주』 권21 :『左傳』'棄甲則那''那''何也' 黃生注 '那' 開口呼　即 '奈'字 此對家人促睡之語 亦見深夜無聊之況.

㈎ 平聲(陽) : '보다', '怨望'의 뜻이다.

梅花欲開不自覺　○○●○●●●
棣萼一別永相望　●●●●●○○

매화가 피고자 하나 스스로 깨닫지 못하니,

형제를 한번 이별하고는 영영 서로 바라기만 하네.

－ 권14「至後」⑥ －

『두시상주』에서는 운자로 쓴 경우(7수)에 대해서만 平聲 표시를
하고 있다.56)

㈏ 去聲(漾) : '(바라)보다', '名望', '보름'의 뜻이다.

南望靑松架短壑　○●○○●●●
安得赤脚踏層氷　○●●●●○○

남쪽을 바라보니 푸른 솔이 깊은 계곡에 비스듬히 나 있으니,

어찌하면 맨발로 층층이 쌓인 얼음 밟을 수 있으랴.

－ 권6「早秋苦熱堆案相仍」⑦ －

南京久客耕南畝　○○○●●○○
北望傷神坐北牕　●●○○●●○

남경의 오랜 나그네 남쪽 이랑을 갈다가,

북녘을 바라보고 정신을 상하여 북창에 앉았네.

－ 권10「進艇」② －

---

56) 何由一洗濯, 執熱互相望(平聲) (권7 「夏夜歎」), 人事多錯迕, 與君永相望(平
聲) (권7 「新婚別」), 避寇一分散, 飢寒永相望(平聲) (권6 「遣興五首(3)」), 兩
宮各警蹕, 萬里遙相望(叶平聲) (권16 「壯遊」), 紫蓋獨不朝, 爭長嶪相望(叶平
聲) (권22 「望嶽」), 諸侯春不貢, 使者日相望(平聲) (권11 「有感五首(2)」),
梅花欲開不自覺, 棣萼一別永相望(平聲) (권14 「至後」).

細草留連侵坐軟　　●●○○○●●
殘花悵望近人開　　○○●●●○○

가는 풀에 머물러 있으니 앉은 자리에 침범하여 보드랍고,
쇠잔한 꽃을 슬피 바라보니 사람에게 가까이 피었네.

- 권12「又送」④ -

正憶往時嚴僕射　　●●●○○●●
共迎中使望鄕臺　　●○○○●●○○

마침 생각나노니 지난날 엄복야와,
함께 망향대에서 중사를 맞이하였었지.

- 권16「諸將五首㈤」④ -

夔府孤城落日斜　　○●○○●●○
每依北斗望京華　　●○○●●○○

기부의 외로운 성에 지는 해 기울 때면,
언제나 북두성에 의지하여 서울 쪽을 바라보네.

- 권17「秋興八首㈡」② -

西望瑤池降王母　　○●○○●●●
東來紫氣滿函關　　○○●●●○○

서쪽으로 서왕모 내려온 요지를 바라보고,
동쪽에서 오는 붉은 기운 함곡관에 가득했었지.

- 권17「秋興八首㈤」③ -

綵筆昔曾干氣象　　●●●○○●●
白頭今望苦低垂　　●○○●●○○

빛나는 붓으로 옛날 일찍이 기상을 범하기도 했지만,
흰 머리가 된 지금 바라보다 괴로워 나직이 고개 드리우네.
- 권17「秋興八首(八)」⑧ -

悵望千秋一灑淚 　●●○○●●●
蕭條異代不同時 　○○●●●○○
천년을 슬피 바라보며 한번 눈물을 뿌리니,
아득히 시대가 달라 같은 때에 나지 못하였네.
- 권17「詠懷古跡五首(二)」③ -

高車駟馬帶傾覆 　○○●●●○●
悵望秋天虛翠屛 　●●○○○●○
높은 수레와 사마는 기울어져 엎어짐을 대동하니,
가을 하늘을 슬피 바라보니 푸른 석병만 비었네.
- 권20「覃山人隱居」⑧ -

思霑道喝黃梅雨 　○○●●○○●
敢望宮恩玉井冰 　●●○○●●○
길에서 더위 먹은 사람 매화우로 적심을 생각하지,
궁궐의 은혜로운 옥정빙을 감히 바라기나 하겠소.
- 권21「多病執熱奉懷李尙書」⑥ -

⑤ 聽 : 57회

『廣韻』에는 下平聲·靑에, ‘聆也’, 去聲·徑에 ‘待也’, ‘聆也’, ‘謀也’
라 하였다. ‘듣다’는 통고저이나, ‘聽從(따르다, 복종하다)’의 의미일

때는 반드시 去聲으로 읽는다. 『두시상주』에는 평성으로 읽는 글
자만 표시되어 있다.

㈎ 平聲(靑) : '듣다'의 뜻이다.
　石出倒聽楓葉下　●●●○○●●
　櫓搖背指菊花開　●○●●●○○
　바위 내미니 단풍잎 떨어짐을 거꾸로 듣고,
　노를 저으니 국화 피었음을 뒤돌아 가리키네.
- 권19「送李八秘書赴杜相公幕」③ -

㈏ 去聲(徑) : '듣다', '기다리다', '살피다'의 뜻이다.
　春花不愁不爛熳　○○●○●●●
　楚客惟聽棹相將　●●○○●○○
　봄꽃이 흐드러지게 피지 않을까 걱정도 않지만,
　초의 나그네는 오직 노를 서로 젓는 소리만 듣고자 하네.
- 권14「十二月一日三首㈡」⑧ -

　聽猿實下三聲淚　●○●●○○●
　奉使虛隨八月槎　●●○○●●○
　잔나비 울음 세 소리 듣고 진실로 눈물이 나려하니,
　사명을 받들어 팔월의 뗏목을 따름도 헛일이 되었네.
- 권17「秋興八首㈡」③ -

(2) 平仄異讀異義

평측도 다르게 읽고 의미도 다른 글자로, 글자의 음은 같지만 平聲으로 읽을 때와 측성으로 읽을 때의 의미가 서로 다른 경우를 말한다.

왕력은, "글자는 하나지만 平聲이 나타내는 뜻과 측성이 나타내는 뜻이 다른 것이다. 이는 대략 육조 이래 지식인들이 성조를 다르게 함으로써 상이한 의미를 나타내기를 좋아했기 때문인데, 가장 중요한 것은 그렇게 함으로써 서로 다른 품사적 성질을 표시한 것이다. 예를 들어 동사로 사용하면 平聲으로 읽고, 명사로 사용하면 去聲으로 읽는 등등이다. 그러나 일부 글자들은 시구에서 그 차이가 분명하여 平聲으로 읽어야 할 때 측성으로 읽을 수 없고, 측성으로 읽어야 할 때 平聲으로 읽을 수 없다. 여기에 예외도 있다. 때로는 의미에 따르면 平聲으로 읽어야 하는데, 시에서는 측성으로 읽거나 의미에 따르면 측성으로 읽어야 하는테 시에서는 平聲으로 읽는 경우가 있다."[57]고 설명하고 있다.

① 强 : 51회

『廣韻』에는 下平聲·陽에, '健也', '暴也'라고 하였다. 『集韻』에는 上聲·養에, '勉也'라 하였다. 仇兆鰲는 '强'자의 음에 대해, 아무 표시가 없거나, '上聲', '去聲', '豈兩切, 其兩切, 丘兩切, 溪兩切' 등의 방식으로 성조를 표시하고 있다.

㈎ 平聲(陽) : '강하다', '굳세다'의 뜻이다.

---

57) 왕력 저(송용준 역), 전게서, pp.307-308.

丈人才力猶强健　●○○○●○○●
豈傍靑門學種瓜　●●○○●●○
선생의 재주와 힘은 아직도 강건하신데,
어찌 청문에 기대어 오이 심음을 배우리오.
- 권6「曲江陪鄭八丈南史飲」⑦ -

指揮能事迴天地　●○○●○○●
訓練强兵動鬼神　●●○○●●○
능한 일 지휘할 때는 천지도 돌릴만하고,
강한 병사 훈련시킬 때는 귀신조차도 움직일만하네.
- 권13「奉寄章十侍御」④ -

　平聲인 경우『杜詩詳註』에는 아무런 표시가 없다. 그러나 上聲인 경우에는 上聲이나 반절로 표시하고 있다.

㈏ 上聲(養) : '힘쓰다', '억지로 하다'의 뜻이다.
구조오는 상성 '强'자에 다음과 같은 방식으로 표시하고 있다.

老去悲秋强(上聲)自寬　●●○○●●○
興來今日盡君歡　●○○●●○○
늙어갈수록 가을 경치에 슬프지만 억지로 스스로 위로하고,
오늘은 흥이 났으니 그대와 환락을 다하고 헤어지리라.
- 권6「九日藍田崔氏莊」① -

已忍伶俜十年事　●●○○●○●
强(區兩切)移棲息一枝安　●○○○●●○○

이미 외롭게 떠돌며 십년 동안 일을 견디고 나니,
억지로 옮겨 한 가지에 살며 편히 여기네.
- 권14「宿府」⑧ -

他日一盃難强(區兩切)進　○●●○○●●
重嗟筋力故山違　○○○●●○○
다른 날에는 한 잔도 억지로 나아가기 어려우리니,
근력이 고향 산과 어긋남을 거듭 슬퍼하노라.
- 권14「十二月一日三首㈢」⑦ -

佳辰强(豈兩切)飲食猶寒　○○●●●○○
隱几蕭條戴鶡冠　●●○○○●○
좋은 날에 억지로 마시나 음식이 오히려 차니,
안석에 기대어 쓸쓸히 할관을 쓰고 있네.
- 권23「小寒食舟中作」① -

　이 시 '强飲'의 '强'자를 邵傅의 『杜律集解』에서는 平聲으로 읽고
있고, 그 의미도 '盛也'라고 하였다.

㈐ 去聲(漾) : '고집', '고집이 세다'의 뜻이다.
　두보의 칠언율시에는 去聲이 보이지 않지만 다른 시에는 있다.
『杜詩詳註』에는 去聲으로 표시하였다.

八分一字直百金　●○○●●●○
蛟龍盤拏肉屈强(去聲)　○○○○●●○
팔분(八分) 한 글자는 백금(百金)의 값어치,

교룡이 구불구불 살이 세고 뻣뻣하구나.

- 권18 「李潮八分小篆歌」 -

短景難高臥 ●●○○●
衰年强(去聲)此身 ○○●●○
짧은 해에 푹 자기 어려우니,
노년에 이 몸을 애써 움직이네.

- 권20 (「從驛次草堂復至東屯茅屋二首(2)」)

두 번째 시에 대해 『두시경전』에서는, "'强'자를 옛날에는 모두 去聲으로 읽었으나 전혀 의미가 없다. 지금 살펴보건대, '其'자와 '兩'자의 반절(上聲)로 읽어야 한다. 즉 (「九日」(권12)시의) '괴롭게 도 백발이 나를 내버려두지 않는다'와 같은 뜻이다."58)라 하였다.

② 供 : 35회

현대 옥편에는 통고저(冬, 宋)로 표시되어 있으나, 『廣韻』에는 上平聲·鍾에, '奉也', '其也', '設也', '給也', '進也', 去聲·用에, '設也' 라 하였다. 王力도 '供'자를 평성이 나타내는 의미와 측성이 나타 내는 의미가 다른 것(意義及平仄不同)으로 보았다.59)

㉮ 平聲(冬) : '베풀다', '供養', '供給', '奉供'의 뜻이다.
憶昨逍遙供奉班 ●●○○○●○
去年今日侍龍顔 ●○○●●○○

---

58) 『두시경전』 권17 : 强字舊俱作去聲讀 頗無義理 今按當讀其兩切 卽苦遭白髮 不相放意.
59) 왕력 저(송용준 역), 전게서, p.316.

생각해보니 옛날 공봉의 반열에서 소요하며,
작년 오늘에는 용안을 모셨었지요.
　　　　　　　　　- 권6 「至日遣興奉寄北省舊閣老兩院故人二首㈡」① -

不嫌野外無供給　●○●●○○●
乘興還來看藥欄　○●○○●●○
초야라 (아무) 대접할 것이 없는데 이를 싫어하지 않는다면,
흥이 날 때 다시 작약 울타리 보러 오시구려.
　　　　　　　　　　　　- 권9 「賓至」⑦ -

但有故人供祿米　●●●○○●●
微軀此外更何求　○○●●●○○
다만 벗이 녹미를 보내줌이 있다면,
하찮은 몸이 이 밖에 다시 무엇을 바라리요.
　　　　　　　　　　　　- 권9 「江村」⑦ -

惟將遲暮供多病　○○○●●○○●
未有涓埃答聖朝　●●○○●●○
오로지 노년을 많은 병에 내주었을 뿐,
물방울과 티끌만큼도 성조(의 은혜)에 보답함이 있지 않네.
　　　　　　　　　- 권10 「野望<西山>」⑤ -

朝廷袞職誰爭補　○○●●○○●
天下軍儲不自供　○●○○●●○
조정의 재상직 누구를 다투어 메우리오,
천하의 軍需조차 스스로 대주지 못하는 것을.

- 권16「諸將五首㈢」⑥ -

㈏ 去聲(宋) : '진열하다', '배치하다', '이바지하다'의 뜻이다.
　　新添水檻供垂釣　　○○●●●○●
　　故著浮槎替入舟　　●●○○●●○
　　새로이 물가에 난간을 지어 낚시 드리움에 이바지하고,
　　일부러 뗏목을 만들어 두어 배 타기를 대신하네.
　　　　　　　　　　　　　　　- 권10「江上値水」⑤ -

③ 觀 : 45회
『廣韻』에는 上平聲·桓에 '視也', 去聲·換에, '樓觀'이라 하였다.

㈎ 平聲(寒) : '바라보다', '관찰하다'의 뜻이다.
　　合歡(觀)却笑千年事　　●○●●●○○
　　驅石何時到海東　　○●○○●●○
　　함께 기뻐하며(바라보며) 도리어 천년 전의 일을 비웃노니,
　　돌을 몰아서 어느 때 바다 동쪽까지 이르겠는가?
　　　　　　　　- 권10「陪李七司馬皁江上觀造竹橋卽日成…」⑦ -

『두시상주』에는 '歡'자로 되어있으나 다른 판본[60]에는 '觀'자로 되어 있어 그 예로 든 것이다. 『杜詩詳註』에는 去聲에만 표시를 하고 있다.

㈏ 去聲(翰) : '景觀', '壯觀', '寺觀'의 뜻이다.

---

60) 『分類集註』, 『詩話總龜』, 『歷代詩話』 등.

九江日落醒何處　●○●●○○●
一柱觀頭眠幾回　●●●○○●○
구강에 해 지면 어디선가 술 깰 것이며,
일주관 언저리에서 몇 번이나 졸았을까.

－ 권10「所思」④ －

　두시에는 '壯觀', '貞觀', '一柱觀' 등이 자주 나오는데 이때 '觀'자는 모두 去聲으로 읽는다.

④ 騎 : 72회
『廣韻』에는 上平聲·支에 '跨馬也', 去聲·寘에 '騎乘', '車騎'라 하였다.

㈎ 平聲(支) : '말을 타다'의 뜻으로 動詞이다.
　奉引濫騎沙苑馬　●●●○○●●
　幽棲眞釣錦江魚　○○○●●○○
　(천자) 받들어 인도하느라 사원의 말을 외람되게 타기도 했으나,
　(지금은) 그윽한 곳에 살며 금강의 고기를 참으로 낚고 있어요.

－ 권10「奉酬嚴公寄題野亭之作」③ －

㈏ 去聲(寘) : '騎馬', '騎兵', '車騎'의 뜻으로 名詞이다. 시에 나오는 '胡騎', '千騎', '飛騎', '突騎', '遣騎', '驃騎' 등의 '騎'자도 모두 去聲이다.

　洛城一別四千里　●○●●●●○

胡騎長驅五六年　○●○○●●○
낙양에서 한번 헤어지니 사천리 밖이요,
오랑캐 기병 멀리 몰아오니 오륙 년이네.

- 권9「恨別」② -

胡騎中宵堪北走　○●○○○●●
武陵一曲想南征　●○○●●○○
오랑캐 말 탄 이는 밤중에 북으로 달아남 직하고,
무릉의 한 노래는 남쪽으로 정벌함을 생각하네.

- 권17「吹笛」⑤ -

有客乘舸自忠州　●●○○●○○
遣騎安置瀼西頭　●●○○●○○
손님이 있어 배를 타고 충주로부터 오거늘,
(타고 올) 말을 보내어 양서의 머리에 편안히 있게 했네.

- 권20「簡吳郎司法」② -

⑤ 難 : 168회
『廣韻』에는 上平聲·寒에 '艱也', 去聲·翰에 '患也'라 하였다.

㈎ 平聲(寒) : '어렵다'의 뜻으로 형용사이다.
近侍卽今難浪迹　●●●○○●●
此身那得更無家　●○○●●○○
천자를 가까이 모시고 있어 이제는 떠돌기 어렵거니와
이 몸이 어찌 또 집이 없을 수 있으랴.

- 권6「曲江陪鄭八丈南史飲」⑤ -

幽棲地僻經過少　○○●●○○●
老病人扶再拜難　●●○○●●○
그윽한 거처라 땅이 외져 지나는 이가 적고,
늙고 병들어 남의 부축에도 재배하기 어렵네.

- 권9「賓至」② -

衰老應爲難離別　○●○○○○●
賢聲此去有輝光　○○●●●○○
늙고 쇠하여 응당 이별하기 힘들지만,
어진 명성은 여길 떠나도 빛남이 있으리라.

- 권12「章梓州橘亭…」⑤ -

世亂鬱鬱久爲客　●●●●●○○
路難悠悠常傍人　●○○○○●○
세상사 어지러울 제 답답하게 오래도록 나그네 되었고,
(세상)길 어려워 걱정하며 늘 다른 사람에게 의지해야 하는구나.

- 권12「九日」⑥ -

獨把漁竿終遠去　●●○○○●●
難隨鳥翼一相過　○○●●●○○
홀로 낚싯대를 잡고 마침내 멀리 가 있으니,
새의 날개 따라(날아)도 한 번 만나기도 어렵겠지요.

- 권13「奉寄別馬巴州」⑥ -

三年奔走空皮骨　○○○●●○○●
信有人間行路難　●●○○○●○

삼 년을 분주히 다니다 보니 그저 피골만 앙상하니,
(이제야 옛말에) '인간행로난'란 말이 있음을 믿겠군요.
　　　　　　　　－ 권13「將赴成都草堂途中有作先寄嚴鄭公五首(四)」⑧ －

風塵荏苒音書絶　　○○●●●○●
關塞蕭條行路難　　○●●○○●○
전쟁은 질질 끌어 소식조차 끊어졌고,
변방은 쓸쓸하니 가는 길도 어렵구나.
　　　　　　　　　　　　　　－ 권14「宿府」⑥ －

乘舟取醉非難事　　○○●●●○●
下峽銷愁定幾巡　　●●○○○●○
배를 타고 가 취하는 것쯤은 어려운 일도 아니나,
협중으로 내려가면 시름 삭임에 정히 몇 순배라야 할까?
　　　　　　　　　　　　　　－ 권14「撥悶」③ －

他日一盃難强進　　○●●●○○●
重嗟筋力故山違　　○○○●●○○
다른 날에는 한 잔도 억지로 나아가기 어려우리니,
근력이 고향 산과 어긋남을 거듭 슬퍼하노라.
　　　　　　　　　　　　－ 권14「十二月一日三首(三)」⑦ －

運移漢祚終難復　　●○○●●○●
志決身殲軍務勞　　●●○○○●○
천운이 옮겨 한나라 왕통이 끝내 회복되기 어려워졌으나,
뜻 결연히 하고 군무에 힘쓰다 몸이 죽었네.

- 권17「詠懷古跡五首㈤」⑦ -

艱難苦恨繁霜鬢　○○●●○○●
潦倒新亭濁酒杯　○●○○●●○

간난에 서리 같은 귀밑머리 많아짐을 몹시 슬퍼하니,
늙고 보기 흉함에 흐린 술잔을 새로 멈추었네.

- 권20「登高」⑦ -

早春重引江湖興　●○○●●○○●
直道無憂行路難　●●○○○○●○

이른 봄에 다시 강호의 흥취 이끌어내니,
곧은길로 가므로 가는 길 어려움을 시름치 않노라.

- 권21「人日二首」⑧ -

不是尙書期不顧　●●○○○●●
山陰夜雪興難乘　○○●●●○○

상서와의 기약을 돌보지 않는 것이 아니라,
산음의 눈 내리는 밤처럼 흥을 타기 어려워서랍니다.

- 권21「多病執熱奉懷李尙書」⑧ -

久存膠漆應難並　●○○○●○○●
一辱泥塗遂晚收　●●○○○●○

오랫동안 지켜온 교칠도 마땅히 나란하기 어렵고,
한 번 진창에서 욕 당하니 마침내 늦게서야 쓰이었네.

- 권23「長沙送李十一」⑤ -

㈏ 去聲(翰) : '근심,' '꾸짖다', '災難'의 뜻이다. 따라서 '多難'. '急難'의 '難'자도 去聲이다.

花近高樓傷客心　○●○○○●○
萬方多難此登臨　●○○○●●○○

꽃이 높은 누대 가까이 피어 나그네 마음을 아프게 하니,
만방이 재난 많을 제 여기에 올라 바라보고 있기 때문이라.

- 권23「登樓」② -

『杜詩詳註』에는 위 시처럼 去聲만 표시가 되어 있다. 그런데 같은 '急難'의 뜻으로 운자로 '難'자를 썼는데 서로 평측이 다르게 활용된 예61)도 있다.

⑥ 泥 : 81회
『廣韻』에는 上平聲·齊에 '水和土也', 去聲·霽에 '滯陷不通, 語云致遠恐泥'이라 하였다. 또 『集韻』에는 上聲(薺韻)에 '泥泥, 露濃貌'라 하였다.

㈎ 平聲(齊) : '수렁', '진흙', '술 취하다'의 뜻이다.

盤剝白鴉谷口栗　○●●○○●●
飯煮靑泥坊底芹　●●○○○●○

쟁반에는 백아곡 입구의 밤을 깎아놓고,
밥에는 청니방 밑의 미나리를 섞어 삶아놓았네.

- 권6「崔氏東山草堂」⑥ -

---

61) 爲問彭州牧, 何時救急難(叶平聲)(권9 (「因崔五侍御寄高彭州」), 五十頭白翁, 南北逃世難(去聲)(권23(「逃難」), 平生方寸心, 反當帳下難(去聲)(권23(「舟中苦熱遣懷奉呈」).

肯藉荒庭春草色　●●○○○●●
先拼一飮醉如泥　○○●●●○○
거친 뜰의 봄풀 빛을 깔고 앉음을 허여하신다면,
우선 만사 제치고 한 번 마셔 진창같이 취하리라.
－ 권13「將赴成都草堂途中有作先寄嚴鄭公五首㈢」⑧ －

堦前短草泥不亂　○○●●●○○●
院裏長條風乍稀　●●○○○●○
섬돌 앞 짧은 풀에 진흙이 튀지 않고,
정원 안의 긴 (버드나무) 가지에는 바람이 갑자기 약해졌네.
－ 권15「雨不絶」③ －

虛疑皓首衝泥怯　○○●●●○○
實少銀鞍傍險行　●●○○○●●○
흰머리로 진창 뚫음을 겁내리라 공연히 의심하는데,
실은 험한 곳 따라서 갈 은안장이 없어서라네.
－ 권18「崔評事弟許相迎不到…」⑦ －

黃鶯過水翻廻去　○○○●○○●
燕子銜泥濕不妨　●●○○○●○
꾀꼬리는 물을 지나다 뒤치며 돌아가고,
제비는 진흙을 물고 젖어도 거리끼지 않네.
－ 권18「卽事＜暮春＞」⑥ －

湖南爲客動經春　○○○○●●○○
燕子銜泥兩度新　●●○○○●○

호남에서 나그네 되었을 적마다 번번이 봄을 지내니,
제비가 진흙을 물어와 두 번을 새로 지었네.
- 권23 「燕子來舟中作」② -

久存膠漆應難並　●○○●●●
一辱泥塗遂晚收　●●○○●●○
오랫동안 지켜온 교칠도 마땅히 나란하기 어렵고,
한 번 진창에서 욕 당하니 마침내 늦게서야 쓰이었네.
- 권23 「長沙送李十一」⑥ -

㈏ 去聲(霽) : '막히다(不通也)'의 뜻이다.
年年至日長爲客　○○●●●○●
忽忽窮愁泥殺人　●●○○●●○
해마다 맞는 동짓날인데 오랜 나그네 신세라,
실의에 빠져 곤궁한 시름 사람에게 착 붙어 있네.
- 권21 「冬至」② -

'泥'는 '얽어매다', '달라붙다', '답답하다'는 뜻이다. '殺'은 심한 상태를 나타낸다. 邵二泉도 '泥'는 '滯也'라 하였고,62) 顧宸의 주에도, "'泥'는 꽉 막혔다는 뜻이다. 나그네로 체류하며 돌아갈 수 없음을 말한다."63)고 하였다.

『杜詩詳註』에는 去聲(두보 칠률에는 없음)과 반절만 표시되어 있는데, 이 시에서는 반절(乃計切)로 표시되어 있다. 바로 『論語』 '致遠恐泥'64)에서 나온 '恐泥'의 '泥'자 뜻을 사용한 것이다.

---

62) 『杜詩集註』 권23 : '泥' 滯也.
63) 『杜詩註解』 권5 : 泥 膠滯也. 言滯于客而不能歸也.

한편 上聲의 예도 있어 참고삼아 들어보기로 한다.

況乃山高水有波　●●○○○●●
秋風蕭蕭露泥泥(乃里切)　○○○○●●●
하물며 산이 높고 물에 파도치며,
가을바람이 쏴아 불어오고 이슬이 흥건하네.

- 권19「寄狄明府博濟」 -

⑦ 浪 : 77회

『廣韻』에는 下平聲·唐에, '滄浪　水名', 去聲·宕에, '波浪', '誰浪', '游浪'이라 하였다. 『杜詩詳註』에는 구분의 표시가 없다.

㈎ 平聲(陽) : '물 이름', '滄浪'의 뜻이다.
　　萬里橋西一草堂　●●○○○●○
　　百花潭水卽滄浪　●○○●●○○
　　만리교 서쪽에 한 초당 있으니,
　　백화담의 물은 곧 창랑수 같네.

- 권9「狂夫」② -

　　路經灩澦雙蓬鬢　●○○●●○○
　　天入滄浪一釣舟　○●○○●●○
　　염여퇴 길을 지나는 다북쑥같은 두 귀밑머리요,

---

64)『論語』「子張」에, "아무리 작은 기예라 하더라도 반드시 볼만한 것이 있다. 하지만 원대한 목적을 이루는 데에는 이것이 장대가 될 수 있다. 때문에 군자가 하지 않는 것이다.(雖小道　必有可觀者焉　致遠恐泥　是以君子不爲也)"라 하였다.

창랑의 하늘에 들어가는 고기 낚는 한 척 배로다.

- 권13「將赴荊南寄別李劒州」⑥ -

㈏ 去聲(漾) : '물결'의 뜻이다.

魚吹細浪搖歌扇　○○●●○○●
燕蹴飛花落舞筵　●●○○●●○

물고기는 잔물결 불어 노래 부르는 부채 흔들리고,
제비는 흩날리는 꽃을 박차 춤추는 자리에 떨어뜨리네.

- 권3「城西陂泛舟」⑤ -

近侍卽今難浪迹　●●●○○●●
此身那得更無家　●○○●●○○

천자를 가까이 모시고 있어 이제는 떠돌기 어렵거니와
이 몸이 어찌 또 집이 없을 수 있으랴.

- 권6「曲江陪鄭八丈南史飮」⑤ -

眼邊江舸何匆促　●○○●●○●
未待安流逆浪歸　●●○○●●○

눈 가에 강의 배는 어찌나 바쁘게 재촉하는지,
편안한 흐름을 기다리지 않고 물결을 거슬러 돌아가려 하네.

- 권15「雨不絶」⑧ -

江間波浪兼天湧　○○○●●○●
塞上風雲接地陰　●●○○●●○

강 속의 물결은 하늘에 닿을 듯 치솟고,
변방 위의 바람과 구름은 땅에 이은 듯 어둑하구나.

- 권17 「秋興八首㈠」③ -

天畔羣山孤草亭　○●○○○●○
江中風浪雨冥冥　○○○○●●○○

하늘가 뭇 산 속에 외로운 풀로 이은 정자,
강 가운데 바람 부는 물결에 비는 어둑히 내리네.

- 권20 「卽事＜天畔＞」② -

喬口橘洲風浪促　○●●○○●●
驚帆何惜片時程　○○○●●○○

교구와 귤주에는 바람과 물결이 세차니,
범선에 놀라 어찌 잠깐의 여정을 아끼겠느냐.

- 권22 「酬郭十五判官」⑦ -

⑧ 令 : 68회

『廣韻』에는 下平聲·淸에 '使也', 去聲·勁에 '善也', '命也', '律也', '法也'라 하였다. 『杜詩詳註』에는 平聲 글자 36개에만 성조 표시를 하였다.

㈎ 平聲(庚) : '하여금', '시키다', '가령', '使令'의 뜻이다.

焉得思如陶謝手　○●○○○●●
令渠述作與同遊　○○●●●○○

어찌하면 시상이 도연명과 사령운의 솜씨같은 이를 얻어,
그들로 하여금 시를 짓게 하고 더불어 함께 노닐꼬?

- 권10 「江上値水如海勢聊短述」⑧ -

已辦靑錢防雇直　●●○○○●●
當令美味入吾脣　○○●●●○○
품삯을 대비하여 청전을 이미 마련해 두었으니,
마땅히 아름다운 맛으로 하여금 내 입에 들게 하라.
　　　　　　　　　　　　　　　　　- 권14「撥悶」⑧ -

　㈏ 去聲(敬) : '법령', '명령', '현령', '守令', '착하다'의 뜻이다. 시
에 나오는 '號令', ' 出令', '軍令', '令弟', '令子', '令節', '令望'의 '令'
자가 모두 이에 해당된다.

主恩前後三持節　●○○○●○●
軍令分明數擧杯　○●○○●●○
임금의 은혜로 전후 세 번이나 병부를 가져,
군령이 분명해서 자주 술잔을 들었다네.
　　　　　　　　　　　　　　　　- 권16「諸將五首㈤」⑥ -

令弟尙爲蒼水使　●●●●○○●●
名家莫出杜陵人　○○●●●○○
훌륭한 아우가 아직 창수사이지만,
이름난 집안도 두릉의 사람보다 나은 이가 없네.
　　　　　　　　　　　- 권19「季夏送鄕弟韶陪黃門從叔朝謁」① -

　⑨ 論 : 87회
　『廣韻』에는 上平聲·諄에 '言有理', 上平聲·眞에 '說也', '議也', '思
也', 去聲·恩에 '議也'라 하였다. 『東國正韻』에는 元韻에, '說也', '思
也', '紬繹討論', 願韻에 '議也', '辯也'라 하였다. 『杜詩詳註』에는 平

聲에만 표시를 하였다.

② 平聲(元) : '논하다', '토론하다'의 뜻으로 動詞이다.
　　　但使閭閻還揖讓　●●●○○●●
　　　敢論(平聲)松竹久荒蕪　●○○●●○○
　　　오직 여염으로 하여금 다시 읍양하게만 한다면,
　　　구태여 솔과 대나무가 오래도록 황폐해져 있음을 논하리오.
　　　　　　　　　- 권13「將赴成都草堂途中有作先寄嚴鄭公五首㈠」④ -

　　　千載琵琶作胡語　○●○○●○●
　　　分明怨恨曲中論　○○●●●○○
　　　천년의 비파 소리에 오랑캐 노랫말을 붙였거니,
　　　그 또렷한 원한이 노래 속에서 호소하누나.
　　　　　　　　　　　- 권17「詠懷古跡五首㈢」⑧ -

　　　捨舟策馬論兵地　●○●●○○●
　　　拖玉腰金報主身　○●○○●●○
　　　배를 버리고 말을 채찍질하며 (가는) 땅마다 병사를 논하고,
　　　패옥을 늘어뜨리고 金印을 허리에 차고 임금께 보답할 몸이라.
　　　　　　　　　　　- 권19「季夏送鄕弟韶…」⑤ -

㈏ 去聲(願) : '생각', '토론', '언론'의 뜻으로 名詞이다. 시에 나오는 '時論', '雅論', '議論'의 '論'자는 모두 去聲이다.

　　　爾家最近魁三象　●○●●○○●
　　　時論同歸尺五天　○●○○●●○

그대 집안은 斗魁 아래 三台와 가장 가깝고,
당시 의론은 하늘과 한 자 반에 하나로 돌아가네.
- 권23 「贈韋七贊善」④ -

⑩ 離 : 81회

『廣韻』에는 上平聲·支에 '近曰離 遠曰別', 去聲·寘에 '去也'라 하
였다. 『杜詩詳註』에는 去聲 7수[65]에만 표시되어 있다.

㈎ 平聲(支) : '離別'의 뜻이다. 시에 나오는 '亂離', '別離', '流離',
'支離'의 '離'자는 모두 平聲이다.

離別不堪無限意　○●●○○●●
艱危深仗濟時才　○○○○●●○○
이별에 끝없는 감회 감당치 못하나,
어렵고 위태로운 때 시절을 구할 재주를 깊이 믿네.
- 권12 「送王十五判官扶侍還黔中得開字」⑤ -

支離東北風塵際　○○○○●○○●
漂泊西南天地間　○●○○○●○
동북쪽 풍진의 즈음에 뿔뿔이 흩어져,
서남의 하늘과 땅 사이를 떠돌아다녔네.
- 권17 「詠懷古跡五首(一)」① -

---

65) 驊騮開道路, 鵰鶚離(去聲, 이하 생략)風塵(「奉贈鮮于京兆二十韻」), 嬌兒不離
膝, 畏我復卻去(「羌村」), 放逐寧違性, 虛空不離禪(「宿贊公房」), 近聞寬法離
新州, 想見懷歸尙百憂(「寄杜位」), 今秋天地在, 吾亦離殊方(「雙燕」), 衰老應
爲難離別, 賢聲此去有輝光(「章梓州」), 憶昨離少城, 而今異楚蜀(「客堂」).

予見亂離不得已　○●●●○●●
予知出處必須經　●○●●●○○
나는 난리를 당해 어쩔 수 없었으나,
그대는 출처를 알아 반드시 겪어보려 했네.
- 권20「覃山人隱居」⑤ -

李杜齊名眞忝竊　●●○○○●●
朔雲寒菊倍離憂　●○○●●○○
이두로 이름 나란히 함을 참으로 외람되게 훔쳤네,
북녘 구름과 차가운 국화는 이별의 시름 더하네.
- 권23「長沙送李十一」⑧ -

㈏ 去聲(寘) : '떠나다', '버리다'의 뜻이다.
近聞寬法離新州　●○○●●○○
想見歸懷尙百憂　●●○○●●○
근래 듣자니 관대한 처분으로 신주를 떠난다고 하나,
귀향하고픈 뜻에 여전히 근심 많으리라 생각하네.
- 권10「寄杜位」① -

衰老應爲難離別　○●○○○●●
賢聲此去有輝光　○○●●●○○
늙고 쇠하여 응당 이별하기 힘들지만,
어진 명성은 여길 떠나도 빛남이 있으리라.
- 권12「章梓州橘亭餞成都竇少尹得凉字」⑤ -

『杜詩詳註』에는 '難離別'의 '離'자에 去聲이라 표시하였다. 왕력

은 다음 시를 去聲의 예로 들고 있다.(p.317)

放逐寧違性　●●○○●
虛空不離禪　○○●●○
쫓겨난 것이 어찌 심성을 위배한 것이겠는가,
텅 빈 황야에서도 참선을 그만 두지 않는다.

- 권7「宿贊公房」-

⑪ 傍 : 40회
『廣韻』에는 下平聲·唐에 '亦作旁', '側也', '『說文』曰 近也', 去聲·宕에 '蒲浪切'이라 하였다. 『正韻』에 '倚也'라 하였다. 『杜詩詳註』에는 去聲에만 표시(31수)되어 있다.

㈎ 平聲(陽) : '곁', '좌우에서 시종하다'의 뜻이다. 旁(옆)과 같다.
何時詔此金錢會　○○●●○○●
暫醉佳人錦瑟傍　●●○○○●○
어느 때 여기서 금전회를 조명하시어,
잠시나마 고운 사람의 錦瑟 곁에서 취해 보려나.

- 권6「曲江對雨」⑧ -

羞將短髮還吹帽　○○●●○○●
笑倩傍人爲正冠　●●○○●●○
적은 머리숱을 가진 데다 또 모자에 (바람이) 불까 부끄러워하여,
웃으며 옆 사람에게 청하여 (자신을) 위해 관을 바로잡아 달라 하네.

- 권6「九日藍田崔氏莊」④ -

㈐ 去聲(漾) : '기대다', '의지하다', '가까이하다'의 뜻이다.

丈人才力猶强健　●○○●○○●
豈傍靑門學種瓜　●●○○●●○

선생의 재주와 힘은 아직도 강건하신데,
어찌 청문에 기대어 오이 심음을 배우리오.

- 권6「曲江陪鄭八丈南史飮」⑧ -

長路關心悲劍閣　○●○○○●●
片雲何事傍琴臺　●○○●●○○

먼 길이 마음에 걸려 검각을 슬퍼하는데,
조각구름은 무슨 일로 금대를 기대어 있는가?

- 권9「野老」⑥ -

世亂鬱鬱久爲客　●●●●●●○●
路難悠悠常傍人　●○○○○●○

세상사 어지러울 제 답답하게 오래도록 나그네 되었고,
(세상)길 어려워 걱정하며 늘 다른 사람에게 의지해야 하는구나.

- 권12「九日」⑥ -

白水靑山空復春　●●○○○●○
徵君晩節傍風塵　○○●●●○○

흰 물과 푸른 산에 헛되이 다시 봄이 되니,
징군이 늘그막에 풍진을 의지하네.

- 권14「寄常徵君」② -

風飄律呂相和切　○○●●●○●

月傍關山幾處明　●●○○●●○
바람결에 율려소리 날려 서로 어울려 절묘한데,
달은 관산에 기대어 몇 곳을 비추는고.

- 권17 「吹笛」④ -

虛疑皓首衝泥怯　○○●●○○●
實少銀鞍傍險行　●●○○●●○
흰머리로 진창 뚫음을 겁내리라 공연히 의심하는데,
실은 험한 곳 따라서 갈 은안장이 없어서라네.

- 권18 「崔評事弟許相迎不到…」⑧ -

⑫ 分 : 112회

『廣韻』에는 上平聲·文에, '賦也', '施也', '與也' '別也', 去聲·問에 '分劑', '名分'이라 하였다.

㉮ 平聲(文) : '나누다', '분별하다', '헤어지다'의 뜻이다.

獻納司存雨露邊　●●○○●●○
地分淸切任才賢　●○○○●○○
헌납의 직책이 우로 가에 있으니,
청절한 지위를 나누어 재현에게 맡겼네.

- 권3 「贈獻納使起居田舍人澄」② -

川合東西瞻使節　○●○○○●●
地分南北任流萍　●○○●●○○
동서로 내[川]가 합친 사절을 우러러보지만,
땅은 남북으로 갈라져 부평초(같은 신세)에 맡기네.

- 권11「嚴中丞枉駕見過」④ -

直到綿州始分首　●●○○●○○
江邊樹裏共誰來　○○●●●○○

곧바로 면주에 이르면 비로소 헤어지리니,
강가 숲 속으로 누구와 함께 돌아올까.

- 권12「又送」⑦ -

山木蒼蒼落日曛　○●○○●●○
竹竿裊裊細泉分　●○○●●○○

산의 나무 짙푸르르고 지는 해 어둑어둑한데,
대롱이 간들거리며 가는 샘물을 나누네.

- 권15「示獠奴阿段」② -

主恩前後三持節　●○○●○○●
軍令分明數擧杯　○●○○●●○

임금의 은혜로 전후 세 번이나 병부를 가져,
군령이 분명해서 자주 술잔을 들었다네.

- 권16「諸將五首㈤」⑥ -

千載琵琶作胡語　○●○○●●●
分明怨恨曲中論　○○●●●○○

천년의 비파 소리에 오랑캐 노랫말을 붙였거니,
그 또렷한 원한이 노래 속에서 호소하누나.

- 권17「詠懷古跡五首㈢」⑧ -

三分割據紆籌策　○○●●○○●
萬古雲霄一羽毛　●●○○●●○
셋으로 나눠 할거함에 주책이 굽었으나,
만고에 구름 낀 하늘에 한 깃털 같도다.
- 권17「詠懷古跡五首㈤」③ -

盤渦鷺浴底心性　○○●●●○○
獨樹花發自分明　●●○○●●○
소용돌이에서 목욕하는 해오라기는 무슨 마음일까,
외로운 나무에 꽃이 피니 절로 선명하구나.
- 권18「愁」④ -

二月饒睡昏昏然　●●○●○○○
不獨夜短晝分眠　●●●●●○○
2월에 낮잠이 하도 많아 (정신이) 몽롱하니,
단지 밤이 짧음도 아닌데 낮까지 나눠 자네.
- 권18「晝夢」② -

古往今來皆涕淚　●●○○○●●
斷腸分手各風烟　●○○●●○○
옛날이 가고 지금이 와도 모두 눈물 흘렸으니,
손을 나누어 제각기 풍연 속으로 감에 애를 끊노라.
- 권22「公安送韋二少府匡贊」⑧ -

㈏ 去聲(問) : '名分', '職分', '分數', '푼', '忿(노여움)'의 뜻으로 名詞이다. 動詞로 '헤아리다'의 뜻인 경우도 去聲으로 읽는다.

不分(音問 一作忿)桃花紅似錦　●●○○○●●
生憎柳絮白於綿　○○●●●○○
복사꽃이 비단같이 붉음도 성나지 않고,
버들개지 솜보다 하얀 것이 가장 얄밉네.

- 권12「送路六侍御入朝」⑤ -

‘不分’의 의미는 ‘不忿’(『두시주해』, 『패관잡기』) , ‘不料’(『보주두시』), ‘不合’(『杜詩鏡銓』), ‘不滿意’(『한어자전』), ‘不能分別’(『두시상주』), ‘不分數’(『두시언해』), ‘不憤’(『錢注杜詩』), ‘不期’(『澤風堂批解』) 등등 해석이 다양하다. 이에 대한 자세한 풀이는 차후 두시 해석의 다양성이란 글에서 언급할 것이다.

謬知終畫虎　●○○●●
微分(音問)是醯雞　○●●○○
끝내 호랑이를 그리라고 잘못 아셨으니,
미천한 신분은 초파리였습니다.

- 권3「奉贈太常張卿二十韻」 -

竹葉於人旣無分(音問)　●●●○○●●○
菊花從此不須開　●○○○●●○○
죽엽주는 사람에게 이미 연분이 없고,
국화는 이제부터 구태여 피지 않아도 되네.

- 권20「九日五首」③ -

『杜詩詳註』에는 去聲이라고 따로 표시한 시가 있는가[66) 하면 위 시처럼 ‘分’자의 의미를 ‘音問’(『廣韻』에도 보임)으로 표시한 예도 13수[67]나 보인다. 이들 모두 去聲으로 읽는다는 뜻이다.

⑬ 比 : 39회

『廣韻』에는 上平聲·脂에 '和也', '並也', 上聲·旨에 '校也', '並也', 去聲·至에 '近也' '阿黨也', '近也', '併也', 入聲·質에 '比次'라 하였다. 『杜詩詳註』에는 간혹 '音皮', ' 頻脂切', '毗至切', '必意切' 등으로 표시하고, 사성에 대한 직접적인 표시는 없다.

㈎ 平聲(支) : '이웃'의 뜻이다.

休怪兒童延俗客　　○●○○○●●
不敎鵞鴨惱比(音皮)鄰　　●○○○●○○
아이들이 속객 끌어들임을 괴이히 여기지 말 것이며,
기러기와 오리로 하여금 이웃을 성가시게 하지 않으리라.
　　　　　- 권13「將赴成都草堂途中有作先寄嚴鄭公五首㈡」⑥ -

한편 李睟光은 『芝峯類說』에서,

---

66) 人生許與分(去聲), 只在顧盼間(「義鶻」), 此生遭聖代, 誰分(去聲)哭窮途(「大曆三年春白帝城放船出瞿塘峽久居夔府將適江陵漂泊有詩凡四十韻」).
67) '音問'의 예 : 謬知終畫虎, 微分(音問)是醯雞(「奉贈太常張卿二十韻」), 浮生有定分, 飢飽豈可逃(「飛仙閣」), 不分桃花紅勝錦, 生憎柳絮白於綿(「送路六侍御入朝」), 闕庭分未到, 舟楫有光輝(「陪王漢州留杜綿州泛房公西湖」), 賢人識定分, 進退固其宜(「述古三首(1)」), 暫酬知己分, 還入故林棲(「到邨」), 請先偃甲兵, 處分聽人主(「雷」), 明明領處分, 一一當剖析(「催宗文樹雞柵」), 賞姸又分外, 理愜夫何誇(「柴門」), 盤飧老夫食, 分減及溪魚(「秋野五首(1)」), 竹葉於人既無分, 菊花從此不須開(「九日五首(1)」), 昔承推奬分, 愧匪挺生材(「秋日荊南述懷三十韻」), 君臣各有分, 管葛本時須(「別張十三建封」)

王子安의 시에 말하기를, "海內에 知己가 있으니 天涯도 가까운 이웃과 같다(海內存知己 天涯若比隣)이라고 했다. '比隣'의 '比'는 去聲이다. 그런데 杜詩에, "기러기와 오리로 하여금 이웃을 성가시게 하지 않으리라(不敎鵝鴨惱比隣)"라고 하여, '比'를 平聲으로 썼기 때문에 後人들이 그것에 따라 平聲으로 쓴 이가 많다. 그러나 상고하여 보니, 『周禮』에 "다섯 집을 比로 한다(五家爲比)"라고 한 比는 去聲이었다.68)

라고 하여 이 시의 '比'자를 去聲으로 읽는다고 하였다.

㈏ 上聲(紙) : '견주다', '비교하다', '比律'의 뜻이다. 『杜詩詳註』에는 아무런 표시가 없다.

袞職曾無一字補　●●○○●●●
許身媿比雙南金　●○●●○○○
천자의 직무에 일찍이 한 자 보태지도 못하였으니,
자신을 허여하여 쌍남금에 견줌을 부끄러워하네.

- 권6「題省中壁」⑧ -

旁人錯比揚雄宅　○○●●○○●
懶惰無心作解嘲　●●○○●●○
옆 사람은 잘못알고 양웅의 집에 견주지만,
게을러서「해조」를 지을 마음은 없다네.

- 권9「堂成」⑦ -

---

68) 李睟光『芝峯類說』卷十 〈文章部三〉「唐詩」: 王子安詩曰, 海內存知己, 天涯若比隣, 比作去聲, 而杜詩云不敎鵝鴨惱比隣, 後人因此多作平聲用. 然按周禮, 五家爲比, 乃去聲.

㈐ 去聲(眞) : '가깝다', '미치다', '近來', '나란하다'의 뜻이다.

　比(必二切 一作此)來相國兼安蜀　●○●●○○●

　歸赴朝廷已入秦　○●○○●●○

　근래에 상국을 겸하여 촉 땅을 안정시키고,

　조정으로 돌아가심에 (아우도) 이미 진 땅(장안)에 들어갔으리라.

　　　　　　　　　　　　　－ 권19「季夏送鄕弟韶…」③ －

　比(必二切)年病酒開涓滴　●○○●●○○●

　弟勸兄酬何怨嗟　●●○○○●○

　근년에 술병이 났어도 몇 방울 마시리니,

　아우와 형이 권커니 잣거니 하면 무슨 한이 있으리오.

　　　　　　　　　　　　　－ 권21「舍弟觀赴藍田…三首㈢」⑦ －

⑭ 冰 : 37회

『廣韻』에는 下平聲·蒸에 '水凍也'라 하였다.

㈎ 平聲(蒸) : '얼음', '얼다'의 뜻이다.

　春酒盃濃琥珀薄　○●○○●●●

　冰漿椀碧瑪瑙寒　○○●●●●○

　봄술은 엷은 호박잔에 진하고,

　얼음물은 푸른 마노 사발에 차갑구나.

　　　　　　　　　　　　　－ 권1「鄭駙馬宅宴洞中」④ －

　南望靑松架短壑　○●○○●●●

　安得赤脚踏層冰　○●●●●○○

　남쪽을 바라보니 푸른 솔이 깊은 계곡에 비스듬히 나 있으니,

어찌하면 맨발로 층층이 쌓인 얼음 밟을 수 있으랴.

- 권6 「早秋苦熱堆案相仍」⑧ -

思霑道暍黄梅雨　　○○●●○○●
敢望宮恩玉井冰　　●●○○●●○

길에서 더위 먹은 사람 매화우로 적심을 생각하지,
궁궐의 은혜로운 옥정빙을 감히 바라기나 하겠소.

- 권21 「多病執熱奉懷李尙書」⑥ -

樓上炎天冰雪生　　○●○○○●○
高飛燕雀賀新成　　○○●●●○○

누각 위는 더운 날씨에도 얼음과 눈이 생긴 듯하고,
높이 나는 제비와 참새는 새로 (집) 지었음을 경하하네.

- 권21 「江陵節度使陽城郡王…」① -

㈏ 去聲(徑) : '차갑다'의 뜻이다.

澗道餘寒歷冰雪　　●●○○●●●
石門斜日到林丘　　●○○●●○○

(계곡) 시냇길 남은 추위에 얼어붙은 눈을 (밟고) 지나서니,
석문에 해 기울 제 숲속 언덕에 이르렀네.

- 권1 「題張氏隱居二首」③ -

두시 전체에 '冰雪'이 8곳 나오는데,69) 『杜詩詳註』에서는 이 시

---

69) 澗道餘寒歷冰雪, 石門斜日到林丘(「題張氏隱居二首(1)」), 千里猶殘舊冰雪, 百
壺且試開懷抱(「蘇端薛復筵簡薛華醉歌」), 冰雪淨聰明, 雷霆走精銳(「送樊二十
三侍御赴漢中判官」), 赤縣官曹擁材傑, 軟裘快馬當冰雪(「投簡成華兩縣諸子」),

하나만 去聲으로 표시하고 다른 시에서는 아무런 표시가 없다. 仇
兆鰲는

> 『세설신어』에, "범규(范逵)가 도간의 집에 투숙하게 되었다. 그때
> 빙설이 여러 날 쌓였다."고 하였는데, 여기서 '빙설'은 '얼어붙은 눈
> (凍雪)'과 같은 의미로 쓰였다. '빙(冰)'자는 去聲(去聲)으로 읽어야
> 한다.70)

라고 하며 '冰雪'의 '冰'자를 去聲으로 읽어야 한다고 주장하였다.
  그런데 여러 韻書(『廣韻』, 『唐韻』, 『集韻』, 『韻會』 등)에는 '冰'자
를 平聲(蒸韻)으로 읽으면 '얼음(水凍也)'의 뜻이 된다. 平聲으로
이 구를 읽으면 '●●○○●○●'가 되고 '빙설'은 '얼음과 눈'으로 번
역해야 한다. 대부분의 주석서에는 '冰'자에 대한 특별한 언급이
없다. 다만 '冰'자를 平聲으로 읽게 되면 簾法에 어긋난 것 같이
보이지만 이를 또한 拗句로 볼 수 있으니 문제가 되는 것은 아니
다. 施鴻保의 『讀杜詩說』에 이에 대한 지적이 있다.

> '磵道餘寒歷冰雪'을 지금 고찰해 보면 拗句이다. 공의 칠언율시
> 요구는 대체로 여섯 번째 글자가 측성이어야 하는데 平聲을 사용
> 한 경우이다. 예를 들면, 「詠懷古跡五首」의 '伯仲之間見伊呂(●●○

掃除白髮黃精在, 君看他時冰雪容(「丈人山」), 冰雪鶯難至, 春寒花較遲(「人日
兩篇(1)」), 風雷纏地脈, 冰雪耀天衢(「大曆三年春白帝城放船出瞿塘峽久居夔
府將適江陵漂泊有詩凡四十韻」), 樓上炎天冰雪生, 高飛燕雀賀新成(「江陵節度
陽城郡王新樓成王請嚴侍禦判官賦七字句同作」).
70) 『두시상주』 권1 : 『世說』 "范逵投陶侃宿, 於時冰雪積日." 冰雪, 猶言凍雪.
   '冰'讀去聲.

○●○●)’, ‘千載琵琶作胡語(○●○○●○●)’, ‘庾信生平最蕭瑟(●●○
○●○●)’, 「秋興八首」의 ‘西望瑤池降王母(○●○○●○●)’, 「諸將五
首」의 ‘多少材官守涇渭(○●○○●○●)’, ‘殊錫曾爲大司馬(○●○○
○●)’, 「宿府」의 ‘已忍伶俜十年事(●●○○●○●)’, 「又送」의 ‘直到綿
州始分手(●●○○●○●)’, 「小寒食舟中」의 ‘雲白山青萬餘里(○●○○
●○●)’ 등은 모두 요구이다. 이 구의 다섯 번째 글자는 원래 平聲
을 써야 하지만, 여섯 번째 글자인 ‘冰’이 平聲이므로 ‘歷’이라는 측
성 글자로 변경하여 ‘拗句’로 만든 것이다.71)

자세한 내용은 차후 주석서에서 자세히 언급하기로 한다.

⑮ 思 : 141회
『廣韻』에는 上平聲·之에 ‘思念也’, 去聲·志에 ‘念也’라 하였다.

㈎ 平聲(支) : ‘생각하다’의 뜻으로 動詞이다.
　　思家步月淸宵立　　○○●●○○●
　　憶弟看雲白日眠　　●●○○●●○
　　고향집을 생각하며 달빛 아래 거닐다 맑은 밤을 서서 지새우고,
　　아우들을 그리워하며 구름을 바라보다 한낮에 잠이 드네.
　　　　　　　　　　　　　　　　　　　　　　　- 권9「恨別」⑤ -

---

71) 施鴻保,, 『讀杜詩說』 권1 : ‘碿道餘寒歷冰雪’ 今按此拗句也 ; 公詩七律拗句,
　　凡第六字應仄而用平者, 如「詠懷古跡」云 ‘伯仲之間見伊呂’, ‘千載琵琶作胡語’,
　　‘庾信生平最蕭瑟’, 「秋興」 云 ‘西望瑤池降王母’, 「諸將」 云 ‘多少材官守涇渭’,
　　‘殊錫曾爲大司馬’, 「宿府」云 ‘已忍伶俜十年事’, 「又送」云 ‘直到綿州始分手’, 「
　　小寒食舟中」云 ‘雲白山青萬餘里’ 皆是. 此句第五字本應用平, 因第六字冰是
　　平, 故改用歷字仄聲, 作拗句也.

身老時危思會面 ○●○○○●●
一生襟抱向誰開 ●○○○●●○○

몸 늙고 시절 위태로울 (이)때에 만남을 생각하니,
평생의 회포를 (그대 말고) 누굴 향해 털어놓으리오.

- 권13「奉待嚴大夫」⑦ -

錦官城西生事微 ●○○○○●○
烏皮几在還思歸 ○○●●○○○

금관성의 서쪽에 사는 일이 寒微했지만,
오피궤가 있어 다시 돌아갈 것을 생각했어요.

- 권13「將赴成都草堂途中有作先寄嚴鄭公五首㈤」② -

冬至至後日初長 ○●●●●○○
遠在劍南思洛陽 ●●●○○●○

동지가 이른 후에 해가 처음 길어졌는데,
멀리 검남에 와 있으면서 낙양을 생각하노라.

- 권14「至後」② -

魚龍寂寞秋江冷 ○○●●○○●
故國平居有所思 ●●○○○●○

어룡이 적막해진 가을 강물은 차갑기도 하니,
고향에서 평소 살던 것이 그리운 바 있다네.

- 권17「秋興八首㈣」⑧ -

江山故宅空文藻 ○○●●○○●
雲雨荒臺豈夢思 ○●○○●●○

강산의 고택에는 속절없이 문장만 남았으니,
운우의 황대를 어찌 꿈엔들 떠올리랴.

- 권17 「詠懷古跡五首(二)」⑥ -

已訴徵求貧到骨　●●○○○●●
正思戎馬淚盈巾　●○○○●●○○
이미 세금 징수를 하소연하여 가난함이 뼈에 사무쳤으니,
정말 전쟁을 생각하고는 눈물이 수건에 가득하다네.

- 권20 「又呈吳郎」⑧ -

思霑道喝黃梅雨　○○●●○○●
敢望宮恩玉井冰　●●○○○●○
길에서 더위 먹은 사람 매화우로 적심을 생각하지,
궁궐의 은혜로운 옥정빙을 감히 바라기나 하겠소.

- 권21 「多病執熱奉懷李尙書」⑤ -

　(나)　去聲(眞) : '생각', '사상', '의사'의 뜻으로 名詞이다. 두시에
자주 보이는 '愁思'가 그 한 예이다. 『杜詩詳註』에는 去聲에만 표
시(30수)되어 있다.

知君苦思(去聲)緣詩瘦　○○●●○○●
太向交游萬事慵　●●○○○●○
그대가 고심하며 시 짓는 탓에 여원 줄 알겠으나,
사귀어 노는 사람을 향하여 만사를 너무 게을리하는구려.

- 권9 「暮登四安寺鐘樓…」⑦ -

焉得思(去聲)如陶謝手　○●●○○●●

令渠述作與同遊　○○●●●○○
어찌하면 시상이 도연명과 사령운의 솜씨같은 이를 얻어,
그들로 하여금 시를 짓게 하고 더불어 함께 노닐꼬?.
- 권10 「江上値水」⑦ -

한편 왕력에 따르면,

　'思'자는 동사일 경우 平聲으로 쓰는 것이 정격이고 명사일 경우 측성을 쓰는 것이 정격이다. 동사인데 측성으로 쓰거나 명사인데 平聲으로 쓰는 것은 모두 예외로 인정해야 한다. 예외는 만당 이후에 나타났다. 예를 들어 吳融의 「秋日經別墅」, '幸有白雲眠楚客, 不勞芳草思王孫'(다행히 흰 구름이 초나라 객을 잠들게 하니, 좋은 시절에 왕손을 그리워할 필요는 없다)의 평측은 '●●●○○●●, ●○○○●●○○'으로 '思'가 동사로 사용되었는데도 측성이다.[72]

라고 하였다.

⑯ 尙 : 124회
『廣韻』에는 下平聲·陽에 '尙書 官名', 去聲·漾에 '庶幾', '高尙', '飾也', '曾也', '加也', '佐也', '凡主天子之物皆曰尙 尙醫 尙食等是也'라 하였다.

㈎ 平聲(陽) : '官名', '尙書'(尙書令)의 뜻이다.
　　不是尙書期不顧　●●○○○●●

---

72) 왕력 저(송용준 역), 전게서. pp.321-322.

山陰夜雪興難乘　〇〇●●●〇〇

상서와의 기약을 돌보지 않는 것이 아니라,
산음의 눈 내리는 밤처럼 흥을 타기 어려워서랍니다.

- 권21「多病執熱奉懷李尙書」⑦ -

㈏ 去聲(漾) : '오히려', '더하다', '숭상하다', '오래되다(書名『尙書』)'의 뜻이다.

臘日常年暖尙遙　●●〇〇〇●〇
今年臘日凍全消　〇〇●●●〇〇

납일이 예년에는 따뜻하기가 아직 멀었더니,
올해의 납일에는 언 것이 다 녹았네.

- 권5「臘日」① -

近聞寬法離新州　●〇〇〇●●〇
想見歸懷尙百憂　●●〇〇〇●〇

근래 듣자니 관대한 처분으로 신주를 떠난다고 하나,
귀향하고픈 뜻에 여전히 근심 많으리라 생각하네.

- 권10「寄杜位」② -

君王臺榭枕巴山　〇〇〇●●〇〇
萬丈丹梯尙可攀　●●〇〇〇●〇

군왕의 정자가 파산을 베고 누웠으니,
만 길의 돌 비탈을 오히려 오를 만하네.

- 권13「滕王亭子二首」② -

漢朝陵墓對南山　●〇〇〇●●〇〇

胡虜千秋尙入關 ○●○○●●○
한나라 조정의 능묘가 종남산을 마주 대하니,
오랑캐가 천년만에 오히려 관중에 쳐들어왔네.
- 권16「諸將五首㈠」② -

群山萬壑赴荊門 ○○●●●○○
生長明妃尙有村 ○●○○●●○
뭇 산의 온 골짝이 형문으로 달리는 곳에,
명비 나서 자란 마을이 아직도 남아 있네.
- 권17「詠懷古跡五首㈢」② -

令弟尙爲蒼水使 ●●●○○●●
名家莫出杜陵人 ○○●●●○○
훌륭한 아우가 아직 창수사이지만,
이름난 집안도 두릉의 사람보다 나은 이가 없네.
- 권19「季夏送鄕弟韶…」① -

看君宜著王喬履 ●○○○●○○
眞賜還疑出尙方 ○●○○●●○
그대를 보아하니 왕교의 신을 신음이 마땅하니,
진짜로 하사하심이 또 아마도 상방에서 나오리라.
- 권19「七月一日…二首㈠」⑧ -

承家節操尙不泯 ○○●●○●●
爲政風流今在玆 ○●○○○●○
가풍 이은 절조는 아직 사라지지 않았으니,

정사 하는 좋은 풍문은 지금 여기 남아 있네.
- 권19「七月一日…二首㈡」③ -

才微歲晚尙虛名　○○●●○○
臥病江湖春復生　●●○○○●○
미천한 재주로 만년에 오히려 헛된 명성만 있고,
강호에 병들어 누웠는데 봄은 또다시 찾아오네.
- 권22「酬郭十五判官」① -

遠愧尙方曾賜履　●●●○○●●
竟非吾土倦登樓　●○○●●○○
상방에서 일찍이 신발 하사받던 일 멀리서 부끄럽고,
끝내 내 땅 아니니 누대에 오르기도 귀찮다네.
- 권23「長沙送李十一」③ -

⑰ 相 : 344회

『廣韻』에는 下平聲·陽에, '共供也', '瞻視也', 去聲·漾에 '視也', '助也', '扶也', '相國', '丞相'이라 하였다.

㈎ 平聲(陽) : '서로'의 뜻이다.

春山無伴獨相求　○○○○●●○
伐木丁丁山更幽　●●○○○●○
봄 산에 벗도 없이 홀로 (그대를) 찾아가니,
나무 베는 소리 쩡쩡하니 산이 더욱 그윽하네.
- 권1「題張氏隱居二首」① -

傳語風光共流轉　○●○○●○●
暫時相賞莫相違　●○○○●●○○

말을 전하노니 풍광은 (인생과) 함께 유전하니,
잠시나마 완상함을 서로 어기지나 말게.

- 권6「曲江二首(二)」⑧ -

縱飮久判人共棄　●●●○○●●
懶朝眞與世相違　●○○○●●○○

한껏 술에 절어 (스스로) 버린 지 오래니 남들도 모두 (날) 버리고,
조회를 게을리하니 진정 세상과 서로 어긋나 버렸네.

- 권6「曲江對酒」⑥ -

束帶發狂欲大叫　●●●○●●●
簿書何急來相仍　●○○○●○○○

허리띠를 졸라매니 미칠 것 같아 크게 소리치고 싶은데,
공문서는 어찌 급하게도 서로 잇따라 오는가?

- 권6「早秋苦熱堆案相仍」⑥ -

愛汝玉山草堂靜　●●●○○●○●
高秋爽氣相鮮新　○○●●○○○

그대 옥산 초당의 고요함을 사랑하니,
높은 가을의 상쾌한 기운과 어울려 신선하네.

- 권6「崔氏東山草堂」② -

自去自來梁上燕　●●●○○●●
相親相近水中鷗　○○○●●○○

절로 가며 절로 오는 것은 지붕 위의 제비요,
서로 친하며 서로 가까운 것은 물 가운데 갈매기라.
- 권9「江村」④ -

白沙翠竹江邨暮　●○●●○○●
相送柴門月色新　○●○○●●○
흰 모래와 푸른 대 있는 강가 마을 저녁에,
서로 사립문에서 전송하니 달빛이 새롭네.
- 권9「南鄰」⑧ -

此時對雪遙相憶　●○●●○○●
送客逢春可自由　●●○○●●○
이 당시 눈을 대하며 멀리 (나를) 그리워했으니,
손을 보내고 봄을 맞았으니 어찌 자유로웠으리오.
- 권9「和裴迪登蜀州東亭…」③ -

多病獨愁常闃寂　○●●●○○●
故人相見未從容　●○○●●○○
병이 많아 홀로 시름하며 항상 적적한데,
옛 벗을 (서로) 만났어도 마음 편치 못하네.
- 권9「暮登四安寺鐘樓…」⑥ -

肯與鄰翁相對飲　●●○○○●●
隔籬呼取盡餘盃　●○○○●○○
이웃의 영감과 상대하여 마심을 기꺼이 허여한다면,
울타리 너머로 불러내 남은 술잔을 마저 비워보세.

- 권9「客至」⑦ -

俱飛蛺蝶元相逐　○○●●○○●
並蔕芙蓉本自雙　●●○○●●○
함께 나는 나비는 원래 서로 쫓고,
꽃꼭지 나란히 한 연꽃은 본래 절로 한 쌍이라.

- 권10「進艇」⑤ -

西蜀櫻桃也自紅　○●○○●●○
野人相贈滿筠籠　●○○●●○○
서촉의 앵두도 또한 절로 붉어지니,
시골 사람이 대바구니에 가득 보내주었네.

- 권11「野人送朱櫻」② -

更爲後會知何地　●○●●○○●
忽漫相逢是別筵　●●○○●●○
다시 훗날 만남이 어느 곳이 될지 모르겠으나,
문득 서로 만난 것이 이별의 술자리라니.

- 권12「送路六侍御入朝」④ -

苦遭白髮不相放　●○●●●○●
羞見黃花無數新　○●○○○●○
백발이 (나를) 봐주지 않음이 괴로운데,
황국화가 무수히 새로이 핀 것 보기 부끄럽네.

- 권12「九日」③ -

戎馬相逢更何日　○●○○●○●
春風回首仲宣樓　○○○●●○○
전쟁으로 서로 만남은 또 어느 날일까,
봄바람에 중선루에서 고개 돌려보노라.
- 권13「將赴荊南寄別李劒州」⑦ -

獨把漁竿終遠去　●●○○○●●
難隨鳥翼一相過　○○●●●○○
홀로 낚싯대를 잡고 마침내 멀리 가 있으니,
새의 날개 따라(날아)도 한 번 만나기도 어렵겠지요.
- 권13「奉寄別馬巴州」⑥ -

汝上相逢年頗多　●●○○○●○
飛騰無那故人何　○○○●●○○
문수 가에서 서로 만났던 햇수 자못 많으니,
날아오르듯 하니 친구를 (나로서는) 어쩔 수가 없다네.
- 권13「奉寄高常侍」① -

北極朝廷終不改　●●○○○●●
西山寇盜莫相侵　○○●●●○○
북극성 같은 조정은 끝내 바뀌지 않으리니,
서산의 도적들이여! (결코 당나라를) 침범하지 말라.
- 권13「登樓」⑥ -

梅花欲開不自覺　○○●○●●●
棣萼一別永相望　●●●●●○○

매화가 피고자 하나 스스로 깨닫지 못하니,
형제를 한번 이별하고는 영영 서로 바라기만하네.
- 권14 「至後」⑥ -

春花不愁不爛熳 ○○●○●●●
楚客惟聽棹相將 ●●○○●○○
봄꽃이 흐드러지게 피지 않을까 걱정도 않지만,
초의 나그네는 오직 노를 서로 젓는 소리만 듣고자 하네.
- 권14 「十二月一日三首(二)」⑧ -

風飄律呂相和切 ○○●●●○●
月傍關山幾處明 ●●○○●●○
바람결에 율려소리 날려 서로 어울려 절묘한데,
달은 관산에 기대어 몇 곳을 비추는고.
- 권17 「吹笛」③ -

佳人拾翠春相問 ○○●●●○●
仙侶同舟晚更移 ○●○○●●○
고운 사람은 비취를 주워 봄에 서로 주고,
신선같은 벗들은 한 배 타고 저물녘에 다시 옮겨 다녔었지.
- 권17 「秋興八首(八)」⑤ -

天時人事日相催 ○○○○●○○
冬至陽生春又來 ○●○○○●○
천시와 인사가 나날이 서로 재촉하니,
동지에 양기가 나니 봄이 또한 오겠네.

- 권18 「小至」① -

唯君最愛淸狂客　○○●●○○●
百遍相過意未闌　●●○○●●○

오직 그대만 맑게 미친 듯한 객을 가장 사랑하여,
백번을 (서로) 찾아가도 情誼가 다하지 않으리.

- 권18 「遣悶戲呈路十九曹長」⑧ -

桃花氣暖眼自醉　○○●●●●●
春渚日落夢相牽　○●●●●○○

복사꽃 따뜻한 기운에 눈이 절로 (잠에) 취하니,
봄 물가에 해가 떨어지도록 꿈이 서로 이끄는 듯하네.

- 권18 「晝夢」④ -

弟妹蕭條各何在　●●○○●○●
干戈衰謝兩相催　○○○●●○○

아우와 누이는 쓸쓸히 제각기 어디에 있는가,
싸움과 늙음 둘 다 서로 재촉하네.

- 권20 「九日五首」⑧ -

江上形容吾獨老　○●○○○●●
天涯風俗自相親　○○○●●○○

강가의 (떠도는) 모습은 나 홀로 (더) 늙었고,
하늘 끝의 (이민족) 풍속은 (동화되어) 절로 서로 친숙해졌네.

- 권21 「冬至」④ -

此日此時人共得 ●●●○○●●
一談一笑俗相看 ●○●●●○○
이날 이때를 사람들이 모두 만족해하며,
애기하고 웃으며 (인일의) 풍속을 서로 즐기네.
- 권21「人日二首」② -

與子避地西康州 ○●●●○○○
洞庭相逢十二秋 ●○○○●●○
그대와 함께 서강주로 땅을 피하였었는데,
동정호에서 서로 만나니 열 두 해만이네.
- 권23「長沙送李十一」② -

(나) 去聲(漾) : '보다', '도우다', '정승', '宰相'의 뜻이다. 시에 보이
는 '相國'. '丞相', '相府'의 '相'자가 이에 속한다.

丞相祠堂何處尋 ○●○○○●○
錦官城外柏森森 ●○○○●○○
승상의 사당을 어느 곳에서 찾을까,
금관성 밖 잣나무가 빽빽한 곳이라네.
- 권9「蜀相」① -

稍喜臨邊王相國 ○●●○○●●
肯銷金甲事春農 ●○○○●○○
조금이나마 기쁜 것은 변방에 있는 왕상국이,
기꺼이 금갑을 녹이고 봄 농사 일삼은 것이라네.
- 권16「諸將五首(三)」⑦ -

比來相國兼安蜀 ●○○●●○●

歸赴朝廷已入秦　○●○○●●○
근래에 상국으로 겸하여 촉 땅을 안정시키고,
조정으로 돌아가심에 (아우도) 이미 진 땅(장안)에 들어갔으리라.
- 권19「季夏送鄕弟韶…」③ -

貪趨相府今晨發　○○○●●○○●
恐失佳期後命催　●●○○●●○
상공의 막부로 달림을 탐내어 오늘 새벽에 출발함은,
좋은 약속 잃어 후명의 재촉을 염려해서라네.
- 권19「送李八秘書赴杜相公幕」⑤ -

白頭授簡焉能賦　●○○●●○○●
媿似相如爲大夫　●●●○○●○
센 머리에 簡札을 준들 어찌 능히 지으리,
상여가 대부된 것 같음을 부끄러워하노라.
- 권21「又作此奉衛王」⑧ -

‘相’을 去聲으로 읽을 경우『杜詩詳註』에는 去聲이라고 표시를
했으나 위 ‘(司馬)相如’에 대한 표시는 없다.

⑱ 先 : 86회
『廣韻』에는 下平聲·先에 ‘先後也’, 去聲·霰에 ‘先後 猶娣姒’라 하
였다.

㈎ 平聲(先) : ‘먼저’, ‘앞’, ‘先生’, ‘先後’의 뜻이다.
便與先生應永訣　●●○○○●●

九重泉路盡交期　●○○○●○○
문득 선생과 더불어 응당 영원한 이별이 될지니,
구중의 황천길에서 만날 기약을 다하리라.
- 권5「送鄭十八虔…」⑦ -

出師未捷身先死　●○○●●○●
長使英雄淚滿襟　○●○○●●○
군사를 내어가 이기지 못하고 몸이 먼저 죽으니,
길이 영웅들로 하여금 눈물이 옷깃에 가득케 하네.
- 권9「蜀相」⑦ -

錦里先生烏角巾　●●○○○●○
園收芋栗不全貧　○○●●●○○
금리에 사는 선생이 오각건을 쓰고,
정원에서 토란과 밤을 거두니 아주 가난치만은 않네.
- 권9「南鄰」① -

肯藉荒庭春草色　●●○○○●●
先拚一飮醉如泥　○○●●●○○
거친 뜰의 봄풀 빛을 깔고 앉음을 허여하신다면,
우선 만사 제치고 한 번 마셔 진탕같이 취하리라.
- 권13「將赴成都草堂途中有作先寄嚴鄭公五首㈢」⑧ -

㈏ 去聲(霰) : '앞서다'의 뜻이다. '先'자에 대해서는 이미 위에서 설명하였다.

先踏鑪峰置蘭若　●●○○●○●
徐飛錫杖出風塵　○○●●●○○
(내가) 앞서가서 향로봉을 밟고 절을 세울테니,
(그대는) 천천히 석장을 날려 풍진에서 나오시게.

- 권22「留別公安太易沙門」⑦ -

⑲ 疏(疎) : 98회

‘疎’자는 ‘疏’자의 俗字이나 ‘적다(성기다)’의 뜻으로는 관습상
‘疏’자를 쓰지 않는다. ‘疏’는 ‘上疏’의 뜻으로 名詞이다.

㉮ 平聲(魚) : ‘성기다’, ‘소통하다’의 뜻이다. 唐詩에서는 주로
‘疎’로 써서 명사의 ‘疏’와 구별하였다.

欲塡溝壑惟疎放　●○○●○○●
自笑狂夫老更狂　●●○○●●○
(떠돌다 죽어) 구렁을 메우려함은 소방한 탓일 따름이니,
미친놈이 늙을수록 더욱 미쳐 감을 스스로 비웃네.

- 권9「狂夫」⑦ -

謝安不倦登臨費　●○○●●○●
阮籍焉知禮法疎　●●○○●●○
사안이 登山 臨水에 (백금을) 허비함도 게을리하지 않았었고,
(백안시하던) 완적이 예법의 소홀함을 어찌 알겠습니까?

- 권10「奉酬嚴公寄題野亭之作」⑥ -

幕府秋風日夜淸　●●○○●●○
澹雲疎雨過高城　●○○●●○○

막부에 부는 가을바람이 밤낮으로 맑으니,
엷은 구름 성긴 비는 높은 성을 지나가네.
- 권14 「院中晚晴懷西郭茅舍」② -

疏燈自照孤帆宿 ○○●●○○●
新月猶懸雙杵鳴 ○●○○○●○
희미한 등불은 외로운 배에서 자는 것을 스스로 비추고,
초생달은 두 방망이 우는 곳에 아직 걸려있네.
- 권17 「夜」③ -

絶壁過雲開錦繡 ●●○○○●●
疏松夾水奏笙簧 ○○●●●○○
깎아지른 석벽에 지나가는 구름은 수놓은 비단 펼쳐놓은 듯하고,
성긴 소나무는 (계곡)물을 끼고 생황을 연주하는 듯하네.
- 권19 「七月一日…二首㈠」⑥ -

楚江巫峽半雲雨 ●○○●●●○
淸簟疏簾看奕棋 ○●○○●●○
초강과 무협에 반쯤 구름과 비이니,
맑은 대자리와 성긴 발에서 바둑을 보노라.
- 권19 「七月一日…二首㈡」⑧ -

巫山秋夜螢火飛 ○○○●○●○
疏簾巧入坐人衣 ○○●●●○○
무산의 가을밤에 반딧불이 날아다니다,
성긴 주렴으로 교묘히 들어와 사람 옷에 앉네.

- 권19 「見螢火」② -

古堂本買藉疎豁　　●○○●●○○
借汝遷居停宴遊　　●●○○○●○

낡은 집을 본래 산 것은 소활함을 의뢰코자 함인데,
그대에게 빌려줘 옮겨 살게 하고 연유함을 그치노라.

- 권20 「簡吳郎司法」③ -

卽防遠客雖多事　　●○○●●○○
便揷疎籬却任眞　　●●○○○●○

당장 멀리서 온 손을 막음이 비록 일이 많기는 하나,
문득 성긴 울타리를 에워쌈이 도리어 참모습 그대로라네.

- 권20 「又呈吳郎」⑥ -

巡簷索共梅花笑　　○○●●●○○
冷蕊疎枝半不禁　　●●○○○●○

처마를 돌면서 매화와 함께 웃음을 찾으나,
찬 꽃부리 성긴 가지 반도 견디지 못하네.

- 권21 「舍弟觀赴藍田…三首㈡」⑧ -

㈏ 去聲(御) : '注', '注疏', '上疏'의 뜻이다.

匡衡抗疏功名薄　　○○●●○○●
劉向傳經心事違　　○●○○○●○

광형처럼 소를 올려도 나의 공명은 박하고,
유향같이 경을 전하려했거늘 마음의 일이 어긋나네.

- 권17 「秋興八首㈢」⑤ -

왕력은 去聲의 예로 위 시에 더하여 오언 하나를 더 들었다.[73]

時應念衰疾 ○○●○●
書疏及滄浪 ○●●○○
때때로 쇠약하고 병든 이 몸 생각해서
(내가 있는) 창랑수(완화계)로 편지를 보내주시오
- 권10 「魏十四侍御就敝廬相別」 -

⑳ 勝 : 39회
『廣韻』에는 下平聲·蒸에 '任也', '擧也', 去聲·證에 '勝負', '加也', '克也'라 하였다.

㉮ 平聲(蒸) : '견디다', '감당하다'의 뜻이다.
聞道長安似奕棋 ○●○○●●○
百年世事不勝悲 ●○●●●○○
듣자니 장안은 바둑판과 같다 하니,
백년의 세상일에 슬픔을 이기지 못하노라.
- 권17 「秋興八首(四)」 ② -

巫峽寒江那對眼 ○●○○○●●
杜陵遠客不勝悲 ●○●●●○○
무협의 찬 강에서 어찌 눈에 마주 대하리,
두릉에서 멀리 와 있는 나그네는 슬픔을 이기지 못하네.
- 권18 「立春」⑥ -

---

73) 왕력 저(송용준 역), 상게서, p.323.

㈏ 去聲(徑) : ‘이기다’, ‘낫다’, ‘경치가 좋다’, ‘名勝’의 뜻이다.

聞道河陽近乘勝　○●○○●○●
司徒急爲破幽燕　○○●●●○○

듣자니 하양이 근래 승승장구한다 하니,
사도께서는 하루 빨리 (나를) 위해 유연을 격파하시라.

- 권9「恨別」⑦ -

不分桃花紅似(勝)錦　●●○○○●●
生憎柳絮白於綿　○○●●●○○

복사꽃이 비단같이(비단보다) 붉음도 성나지 않고,
버들개지 솜보다 하얀 것이 가장 얄밉네.

- 권12「送路六侍御入朝」⑤ -

‘似錦’의 경우 『두시상주』가 아닌 다른 판본에는 ‘勝錦’(『九家集注杜詩』, 『集千家註』, 『瀛奎律髓』 등)으로 되어 있는데, 이 경우 ‘勝’자도 역시 去聲으로 읽어야 한다. 왕력에 따르면 ‘勝’자가 ‘낫다’의 뜻으로 사용되는 ‘勝’은 본래 측성으로 읽어야 하지만 당송인들은 平聲으로 읽는 경우가 많았다고 하며, 그 예로 다음 2수를 들고 있다.74)

仙家未必能勝此　○○●●○○●
何事吹簫向碧空　○●○○●●○

신선의 집도 반드시 이곳보다 나을 수는 없는데,
하필이면 푸른 하늘 향해 퉁소를 부는가?

---

74) 왕력 저(송용준 역), 상게서, p.347.

– 王維 「敕借岐王九成宮避暑應敎」⑦ –

從道人生都是夢　○●○○○●●
夢中歡笑亦勝愁　●○○○●○○
도를 따르는 인생은 모두가 한갓 꿈이러니,
꿈속의 즐거움이라도 역시 슬픔보다 낫다.

– 白居易 「城上夜宴」⑦ –

둘 다 칠언율시로 '勝'자가 평성으로 사용되었다.

形勝有餘風土惡　○●●○○●●
幾時回首一高歌　●○○●●○○
형승은 남음이 있으나 풍토가 열악하니,
어느 때 머리 돌려 한번 길게 노래 부르리.

– 권15 「峽中覽物」⑦ –

樽前柏葉休隨酒　○○●●○○●
勝裏金花巧耐寒　●●○○●●○
잔 앞의 백엽은 술에 넣지 않고,
채승 안 금화는 추위를 잘도 견디네.

– 권21 「人日二首」④ –

㉑ 闇 : 7회
『廣韻』에는 去聲·勘에 '冥也', '說文曰閉門也'라 하였다.

㈎ 平聲(覃) : '어두운 모양'의 뜻이다.

春雨闇闇塞峽中　○●○○●●○
早晚來自楚王宮　●●○○●●○○
봄비가 어둑어둑하게 협중에 꽉 차 있으니,
언제 초나라 왕궁으로부터 왔는가.

－ 권18「江雨有懷鄭典設」① －

仇兆鰲와 마찬가지로 王嗣奭도 이 시의 "'闇'자는 平聲으로 읽는다"[75]고 하였다.

㈏ 去聲(勘) : '어둡다', '우매하다'의 뜻이다.
沙上草閣柳新闇　○●●●●○●
城邊野池蓮欲紅　○○○●○●○
모래 위 초가에는 버드나무 새롭게 짙어가고,
성 주변의 들 못에는 연꽃이 붉으려 하네.

－ 권18「暮春」⑤ －

㉒ 與 : 185회
『廣韻』에는 上平聲·魚에 '歟', '『說文』云 安气也', '語末之辭 亦作與', 上聲·語에 '善也', '待也', '『說文』曰 黨與也', 去聲·御에 '參與也'라 하였다.

㈎ 平聲(魚) : '～와(과)', '어조사'의 뜻이다.
與子避地西康州　○●●●○○○

---

75) 『杜臆』 권8 : '闇' 讀平聲. 그런데 '闇闇書籍滿, 輕輕花絮飛'(권21 「宴胡侍御書堂」)에 대해서는 『杜詩詳註』에서나 『杜臆』에도 아무런 언급이 없다.

洞庭相逢十二秋　●○○○●●○
그대와 함께 서강주로 땅을 피하였었는데,
동정호에서 서로 만나니 열 두 해만이네.

- 권23「長沙送李十一」① -

『杜詩詳註』에서는 "'與'자를 平聲으로 읽는다(讀平聲)"고 하였다.

㈏ 上聲(語) : '더불어', '주다', '함께 하다'의 뜻이다.

便與先生應永訣　●●○○○●●
九重泉路盡交期　●○○○●○○
문득 선생과 더불어 응당 영원한 이별이 될지니,
구중의 황천길에서 만날 기약을 다하리라.

- 권5「送鄭十八虔…」⑦ -

縱飮久判人共棄　●●●●○●●
懶朝眞與世相違　●○○○●○○
한껏 술에 절어 (스스로) 버린 지 오래니 남들도 모두 (날) 버리고,
조회를 게을리하니 진정 세상과 서로 어긋나 버렸네.

- 권6「曲江對酒」⑥ -

不見旻公三十年　●●○○○●○
封書寄與淚潺湲　○○●●●○○
민공을 뵙지 못한 지 서른 해나 되었으니,
서신을 봉하여 부치려니 눈물이 줄줄흐르네요.

- 권6「因許八奉寄江寧旻上人」② -

舊來好事今能否　●○●●○○●
老去新詩誰與傳　●●○○○●○
옛날부터 좋아하시던 일을 지금도 능히 하시는지요,
늙어가면서 새로 지은 시를 누구를 더불어 전하리오.
- 권6「因許八奉寄江寧旻上人」④ -

肯與鄰翁相對飮　●●○○○●●
隔籬呼取盡餘盃　●○○○●●○○
이웃의 영감과 상대하여 마심을 기꺼이 허여한다면,
울타리 너머로 불러내 남은 술잔을 마저 비워보세.
- 권9「客至」⑦ -

老去詩篇渾漫與　●●○○●●●
春來花鳥莫深愁　○○○●●○○
늙어가면서 시 짓는 것도 모두 대충 하니,
봄이 와 꽃 피고 새 울어도 깊이 시름하지 않(게 되었)네.
- 권10「江上値水」③ -

焉得思如陶謝手　○●●○○●●
令渠述作與同遊　○○●●●○○
어찌하면 시상이 도연명과 사령운의 솜씨같은 이를 얻어,
그들로 하여금 시를 짓게 하고 더불어 노닐 수 있을까?
- 권10「江上値水」⑧ -

與報惠連詩不惜　●●●○○●●
知吾斑鬢摠如銀　○○○●●○○

혜련더러 알리게, 시 지어 보냄을 아끼지 말라고,
내 반백의 귀밑머리가 다 은빛 같음을 알아주길.
- 권18 「奉送蜀州栢二別駕…」⑦ -

寵光蕙葉與多碧　●○●●●○●
點注桃花舒小紅　●●○○○●○
혜초 잎을 총애하여 많은 푸른빛을 주고,
도화에 방울방울 떨어져 작은 붉음을 폈도다.
- 권18 「江雨有懷鄭典設」⑤ -

㈐ 去聲(御) : '참여하다'의 뜻이다.

두율에는 예문이 보이지 않지만 다른 두시(「自京赴奉先縣詠懷五百字」)에 있음을 앞에서 이미 언급하였다.

㉓ 燕 : 73회

『廣韻』에는 下平聲·先에 '國名', 去聲·霰에 '玄鳥'라 하였다. 『杜詩詳註』에는 平聲에만 표시를 달았다.

㉮ 平聲(先) : '지명', '나라 이름[國名]'의 뜻이다.
聞道河陽近乘勝　○●○○●○●
司徒急爲破幽燕　○○●●●○○
듣자니 하양이 근래 승승장구한다 하니,
사도께서는 하루 빨리 (나를) 위해 유연을 격파하시라.
- 권9 「恨別」⑧ -

只同燕石能星隕　●○○●○○●

自得隋珠覺夜明　　●●○○●●○
다만 연석과 같아 별똥별에 지나지 않지만,
스스로 수주를 얻고 보니 야명주임을 알겠네.

- 권22 「酬郭十五判官」⑤ -

㈏ 去聲(霰) : '제비', '잔치', '편안하다'의 뜻이다.

魚吹細浪搖歌扇　　○○●●○○●
燕蹴飛花落舞筵　　●●○○●●○
물고기는 잔물결 불어 노래 부르는 부채 흔들리고,
제비는 흩날리는 꽃을 박차 춤추는 자리에 떨어뜨리네.

- 권3 「城西陂泛舟」⑥ -

旌旗日暖龍蛇動　　○○●●○○●
宮殿風微燕雀高　　○●○○●●○
깃발에 햇살 따뜻하게 쬐니 용과 뱀이 꿈틀거리그,
궁전에 바람 살랑이니 제비와 참새가 높이 나네.

- 권5 「奉和賈至舍人早朝大明宮」④ -

落花遊絲白日靜　　●○○○●●●
鳴鳩乳燕靑春深　　○○●●○○○
지는 꽃과 거미줄에 한낮이 고요하고,
지저귀는 비둘기와 어린 제비에 푸른 봄이 깊어가네.

- 권6 「題省中壁」④ -

巢邊野雀群欺燕　　○○●●●○○
花底山蜂遠趁人　　○●○○●●○

둥지가의 들 참새는 무리지어 제비를 기롱하고,
꽃 아래 산벌들은 멀리 사람을 쫓아가네.

- 권6 「題鄭縣亭子」⑤ -

暫止飛烏將數子　●●○○○●●
頻來語燕定新巢　○○●●●○○
잠깐 쉼은 나는 까마귀가 두어 새끼 거느리고 있음이고,
자주 옴은 지저귀는 제비가 새로 둥지 틀었음이라.

- 권9 「堂成」⑥ -

自去自來梁上燕　●●●○○●●
相親相近水中鷗　○○○○●●○○
절로 가며 절로 오는 것은 지붕 위의 제비요,
서로 친하며 서로 가까운 것은 물 가운데 갈매기라.

- 권9 「江村」③ -

簾戶每宜通乳燕　○●●○○●●
兒童莫信打慈鴉　○○●●●○○
발 내린 문은 매양 새끼 가진 제비 드나들기 좋고,
아이들이 함부로 자애로운 (어미) 까마귀 때리지 못하게 하였네.

- 권13 「題桃樹」⑤ -

卽看燕子入山扉　●○○●●○○
豈有黃鸝歷翠微　●●●○○●○
제비가 산 중 사립문으로 들어옴을 곧 볼 것이고,
어찌 꾀꼬리가 푸른 산자락을 지나감이 있지 않으리.

- 권14「十二月一日三首㈢」① -

信宿漁人還汎汎　●●○○○●●
淸秋燕子故飛飛　○○●●●○○
이틀 밤을 묵은 어부는 도로 배를 띄우고,
맑은 가을날의 제비 새끼는 여전히 날아다니네.

- 권17「秋興八首㈢」④ -

黃鶯過水翻廻去　○○○●●○●
燕子銜泥濕不妨　●●○○○●○
꾀꼬리는 물을 지나다 뒤치며 돌아가고,
제비는 진흙을 물고 젖어도 거리끼지 않네.

- 권18「卽事<暮春>」⑥ -

樓上炎天冰雪生　○●○○○●○
高飛燕雀賀新成　○○●●●○○
누각 위는 더운 날씨에도 어름과 눈이 생긴 듯하고,
높이 나는 제비와 참새는 새로 (집) 지었음을 경하하네.

- 권21「江陵節度使陽城郡王…」② -

湖南爲客動經春　○○○●●○○
燕子銜泥兩度新　●●○○○●○
호남에서 나그네 되었을 적마다 번번이 봄을 지내니,
제비가 진흙을 물어와 두 번을 새로 (집) 지었네.

- 권23「燕子來舟中作」② -

㉔ 爲 : 395회

『廣韻』에는 上平聲·支에 ‘作, 造, 爲也’, 去聲·寘에 ‘助也’라 하였다. ‘爲’자에 대해서는 앞에서 언급하였다.

㉮ 平聲(支) : ‘하다’, ‘되다’, ‘다스리다’, ‘짓다’, ‘만들다’, ‘생각하다’의 뜻이다.

　　　問君話我爲官在　●○○●●○○●

　　　頭白昏昏只醉眠　○●○○●●○

　　　들으니[聞] 그대는 내가 벼슬하고 있는 것으로 말하지만,

　　　머리는 세고 정신은 흐릿한 채 오직 취하여 졸고 있을 뿐이오.

- 권6「因許八奉寄江寧旻上人」⑦ -

　　　何爲西莊王給事　○○○○○●●

　　　柴門空閉鎖松筠　○○○●●○○

　　　어찌해서 서쪽 별장의 왕급사는,

　　　사립문을 공연히 닫아걸고 송죽 사이에 가두었는가.

- 권6「崔氏東山草堂」⑦ -

　　　老妻畫紙爲棊局　●○●●○○●

　　　稚子敲針作釣鉤　●●○○●●○

　　　늙은 아내는 종이에 그려 장기판을 만들고,

　　　어린 아이는 바늘을 두드려 고기 낚을 낚시를 만드네.

- 권9「江村」⑤ -

　　　幸不折來傷歲暮　●●●○○●●

　　　若爲看去亂鄕愁　●○○●●○○

(매화 가지) 꺾어 보내지 않아 세모의 맘 상치 않음이 다행이니,
만약 (그 꽃) 보게 되었더라면 향수로 (맘이) 혼란스러웠으리라.
- 권9 「和裴迪登蜀州東亭…」⑥ -

爲人性僻耽佳句　　○○○●●○○
語不驚人死不休　　●●○○○●○
사람됨이 성품이 편벽하여 아름다운 구절을 탐내어,
시어가 사람을 놀래키지 않으면 죽어서도 그치지 않으리.
- 권10 「江上値水」① -

茗飮蔗漿携所有　　○●●○○●●
瓷罌無謝玉爲缸　　○○○○●●○○
차 음료와 사탕수수 즙을 (집에) 있던 대로 가져오니,
오지그릇이라도 옥으로 만든 그릇 못지 않네.
- 권10 「進艇」⑧ -

伐竹爲橋結構同　　●●○○○●○
褰裳不涉往來通　　○○●●●○○
대나무를 베여 다리를 만드나 맺고 얽음은 (木橋와) 같으니,
아랫옷 걷고 건너지 않아도 오갈 수 있게 되었네.
- 권10 「陪李七司馬皂江上觀造竹橋卽日成…」① -

不辭萬里長爲客　　●○○●●○○●
懷抱何時好一開　　○●○○●●○
만리에서 길이 나그네 됨을 마다하지 않지만,
회포를 어느 때나 시원하게 한번 풀려나?

- 권11「秋盡」⑦ -

更爲後會知何地　●○●●○○●
忽漫相逢是別筵　●●○○○●○
다시 훗날 만남이 어느 곳이 될지 모르겠으나,
문득 서로 만난 것이 이별의 술자리라니.
- 권12「送路六侍御入朝」③ -

衰老應爲難離別　○●○○○○●
賢聲此去有輝光　○○●●●○○
늙고 쇠하여 응당 이별하기 어려운데,
어진 명성은 여길 떠나도 빛남이 있으리라.
- 권12「章梓州橘亭…」⑤ -

世亂鬱鬱久爲客　●●●●●○○
路難悠悠常傍人　●○○○○●○
세상사 어지러울 제 답답하게 오래도록 나그네 되었고,
(세상)길 어려워 걱정하며 늘 다른 사람에게 의지해야 하는구나.
- 권12「九日」⑤ -

可憐後主還祠廟　●○●●○○●
日暮聊爲梁父吟　●●○○○●○
가련하도다! 후주를 아직도 사당에서 제사지내고 있으니,
해 저물녘에 애오라지「양보음」을 읊조리네.
- 권13「登樓」⑧ -

曾爲掾吏趨三輔　○○●●○○●
憶在潼關詩興多　●●○○○●○
일찍이 연리가 되어 삼보를 바삐 다녔는데,
동관에 있으면서 시흥이 많았던 것을 생각하네.

- 권15「峽中覽物」① -

洛陽宮殿化爲烽　●○○○●○○
休道秦關百二重　○●○○●●○
낙양의 궁전이 봉화대가 되어버렸으니,
진관을 백이중이라 말하지 마오.

- 권16「諸將五首㈢」① -

殊錫曾爲大司馬　○●○○○●○
總戎皆挿侍中貂　●○○○●●○
남다른 하사로 일찍이 대사마가 되었고,
장군들은 모두 시중의 담비털을 꽂았네.

- 권16「諸將五首㈣」⑤ -

令弟尙爲蒼水使　●●●●○○●
名家莫出杜陵人　○○●●●●○○
훌륭한 아우가 아직 창수사이지만,
이름난 집안도 두릉의 사람보다 나은 이가 없네.

- 권19「季夏送鄕弟韶…」① -

承家節操尙不泯　○○●○●●●
爲政風流今在玆　○●○○○●○
가풍 이은 절조는 아직 사라지지 않았으니,

정사 하는 좋은 풍문은 지금 여기 남아 있네.

- 권19「七月一日…二首㈡」④ -

却爲姻婭過逢地　●○○●○○●
許坐曾軒數散愁　●●○○○●○

문득 인척이 지나가다 만날 땅으로 삼을 것이니,
높은 헌함에 앉아 자주 시름 흩도록 허락이나 해주게.

- 권20「簡吳郎司法」⑦ -

年年至日長爲客　○○●●○○●
忽忽窮愁泥殺人　●●○○○●○

해마다 동짓날에 길이 나그네 되니,
실의에 잠겨 깊은 시름이 사람의 마음을 짓누르네.

- 권21「冬至」① -

卜築應同蔣詡徑　●●○○●●●
爲園須似邵平瓜　○○○●●○○

집을 짓는다면 마땅히 장후의 길 같아야 하고,
밭을 가꾼다면 모름지기 소평의 외 같아야 하네.

- 권21「舍弟觀赴藍田…三首㈢」⑥ -

白頭授簡焉能賦　●○○●●○○
媿似相如爲大夫　●●●○○●○

센 머리에 간찰을 준들 어찌 능히 지으리,
상여가 대부된 것 같음을 부끄러워하노라.

- 권21「又作此奉衛王」⑧ -

湖南爲客動經春　○○○●●○○
燕子銜泥兩度新　●●○○●●○

호남에서 나그네 되었을 적마다 번번이 봄을 지내니,

제비가 진흙을 물어와 두 번을 새로 (집) 지었네.

- 권23「燕子來舟中作」① -

㈏　去聲(實)：'위하다', '돕다', '때문에(因也)', '이르다(謂也)'의 뜻이다.

羞將短髮還吹帽　○○●●○○●
笑倩傍人爲正冠　●●○○●●○

적은 머리숱을 가진 데다 또 모자에 (바람이) 불까 부끄러워하여,

웃으며 옆 사람에게 청하여 (자신을) 위해 관을 바로잡아 달라 하네.

- 권6「九日藍田崔氏莊」④ -

浣花溪水水西頭　●○○○●○○
主人爲卜林塘幽　●○○●●○○○

완화계 시냇물 서쪽 머리에,

주인은 (나를) 위하여 숲속 못가 그윽한 곳에 집터 잡았네.

- 권9「卜居」② -

聞道河陽近乘勝　○●○○●●●
司徒急爲破幽燕　○○●●●●○○

(말을) 듣자니 하양이 근래 승승장구한다 하니,

사도께서는 하루 빨리 (나를) 위해 유연을 격파하시라.

- 권9「恨別」⑧ -

花徑不曾緣客掃　○●●●○○●●

蓬門今始爲君開　○○○●●○○
꽃길을 일찍이 손을 핑계로 쓸지 않다가,
쑥대 문을 이제야 비로소 그대를 위해 여네.
- 권9「客至」④ -

射洪春酒寒仍綠　●○○●○○●
極目傷神誰爲攜　●●○○○●○
사홍현의 춘주는 추워도 여전히 푸른빛을 띨 텐데,
눈 닿는 곳까지 바라보며 상심한들 누가 (날) 위해 술을 가져오랴.
- 권11「野望＜金華＞」⑧ -

得歸茅屋赴成都　●○○○●○○
直爲文翁再剖符　●●○○○●○
모옥으로 돌아갈 수 있어 성도로 가게 됨은,
다만 문옹이 다시 부절을 쪼개어 (지방관으로) 왔기 때문이오.
- 권13「將赴成都草堂途中有作先寄嚴鄭公五首㈠」② -

昔去爲憂亂兵入　●●●●○○●
今來已恐鄰人非　○○●●○○○
옛날 떠난 것은 난병이 들어올까 근심한 때문이었는데,
지금 돌아옴에는 이웃 사람이 (예전 사람) 아닐까 벌써 두렵다오.
- 권13「將赴成都草堂途中有作先寄嚴鄭公五首㈤」③ -

　　두 번째 구의 평측은 '愛汝玉山草堂靜, 高秋爽氣相鮮新'(「崔氏東山草堂」)과 똑같은 형식으로 대구의 제5자를 平聲으로 바꾸어 救한 예이다.

不爲困窮寧有此　●●●○○●●
祗緣恐懼轉須親　○○●●●○○
곤궁함 때문이 아니면 어찌 이러함이 있겠는가,
오직 두려움으로 말미암을까 더욱 모름지기 친히 하였네.

- 권20 「又呈吳郎」③ -

㉕ 將 : 196회

『廣韻』에는 下平聲·陽에 '送也', '行也', '大也', '助也', '辤也', 去聲·漾에 '將帥'라 하였다. 『杜詩詳註』에는 去聲만 표시하였다.

㈎ 平聲(陽) : '장차', '보내다', '돕다', '거느리다'의 뜻이다.

宛馬總肥秦苜蓿　○●●○○●●
將軍只數漢嫖姚　○○●●●○○
대원 말은 모두 진의 목숙(草)에 살지고,
장군은 다만 한의 표요를 헤아리겠네.

- 권3 「贈田九判官梁丘」④ -

羞將短髮還吹帽　○○●●○○●
笑倩傍人爲正冠　●●○○○●○
적은 머리숱을 가진 데다 또 모자에 (바람이) 불까 부끄러워하여,
웃으며 옆 사람에게 청하여 (자신을) 위해 관을 바로잡아 달라 하네.

- 권6 「九日藍田崔氏莊」③ -

暫止飛鳥將數子　●●○○○●●
頻來語燕定新巢　○○●●●○○
잠깐 쉼은 나는 까마귀가 두어 새끼 거느리고 있음이고,
자주 옴은 지저귀는 제비가 새로 둥지 틀었음이라.

- 권9 「堂成」⑤ -

孤城返照紅將斂　○○●●○○●
近市浮烟翠且重　●●○○●●○
외로운 성에 도로 비치는 해는 붉은빛이 장차 걷히려 하고,
가까운 저자에 떠있는 연기는 푸른빛이 또한 짙어가네.

- 권9 「暮登四安寺鐘樓…」③ -

故憑錦水將雙淚　●○●●○○●
好過瞿塘灩澦堆　●●○○●●○
그런 고로 금강 물에 의지하여 두 줄기 눈물을 보내나니,
(험난한) 구당협 염여퇴를 잘 지나갔으면 하네.

- 권10 「所思」⑦ -

惟將遲暮供多病　○○○●●○○●
未有涓埃答聖朝　●●○○○●●○
오로지 노년을 많은 병에 내주었을 뿐,
물방울과 티끌만큼도 성조(의 은혜)에 보답함이 있지 않네.

- 권10 「野望<西山>」⑤ -

非關使者徵求急　○○●●○○●
自識將軍禮數寬　●●○○●●○
사자가(사자를 보내) 급히 불러 구함과는 관계가 없으니,
장군의 예법이 너그러움을 절로 알겠네.

- 권11 「嚴公仲夏枉駕…」④ -

『杜詩詳註』를 보면, '將帥', '主將', '飛將', '大將', '諸將', '猛將', '老將'의 경우 '將'자를 전부 去聲으로 읽는다. 그런데 '將軍'의 경우 아무런 표시가 없다. 그것은 平聲으로 본다는 의미이다. 그러나 연구자들마다 의견이 다르다.76)

'將軍'을 '군을 통솔하다'는 述目 관계로 보면 去聲(jiàng)으로 읽어야겠지만 명사인 將軍은 군대의 고급 지휘관을 가리키며, 현대음도 중국(jiāng)이나 한국이나 모두 음이 짧다. 그리고 위 시에서 만약 '將'자를 去聲으로 읽으면 고평을 범하게 된다. 고평은 시인들의 큰 금기이다. 왕력은 일찍이『전당시』에서 고평을 범한 시구를 찾아보았는데, 겨우 두 개만 예를 찾을 수 있었다고 하였다.

醉多適不愁 ●○●●○
크게 취하면 슬프지 않을 수 있다네

- 高適「淇上送韋司倉往滑臺」 -

百歲老翁不種田 ●●●○●●○
백세의 늙은이는 밭 갈지 않는다

- 李頎「野老曝背」 -

그리고 왕력은,

설사 우리가 빠트린 것이 있다고 하더라도 고평을 범한 시구를 거의 찾을 수 없는 정도인 것만으로도 그것이 시인들이 극력 기피

---

76) 간명용, 김두근(전게논문, p.237), 송용준(전게서, p.233)은 平聲, 최남규, 喻守真의『唐诗三百首详析』(中华书局, 1985)에는 측성으로 표기하고 있다.

했던 형식임을 족히 증명할 수 있다. 고적과 이기는 아마도 잠시 이를 소홀히 했거나 일부러 고시에서 허용하는 평측을 사용했을 것이다.(고적과 이기는 성당 초기의 사람으로 당시에 시율이 아직 상세히 정착되지 않은 것도 한 원일일 수 있다.) 결론적으로 당송의 수천 수만 수의 시 중에서 겨우 이 두 개의 예외만 찾을 수 있었다는 것은 근체시의 고평이 확실이 시인들의 큰 금기였다는 사실을 증명하고도 남는다.77)

고 하였다.

將軍의 '將'자를 去聲으로 읽으면 孤平을 범하게 되는 예는 다음 시에서도 찾아볼 수 있다.

問訊東橋竹 ●●○○●
將軍有報書 ○○●●○
동교의 대나무에 대하여 물었더니,
장군이 보낸 답서가 있네.

- 권3 「重過何氏五首(1)」 -

風勁角弓鳴 ○●●○○
將軍獵渭城 ○○●●○
거센 바람에 각궁을 울리며,
장군은 위성에서 사냥을 하네.

- 王維 五律 「觀獵」 -

護羌校尉朝乘障 ●○●●○○○

---

77) 왕력 저(송용준 역), 전게서, pp.226-227.

破虜將軍夜渡遼　●●○○●●○
호강 교위는 아침에 보루에 오르고,
파로 장군은 밤에 요하를 건너네.

- 王維 七律「出塞」 -

　　將軍의 '將'자를 평성으로 읽어야 하는 이유를 살펴봤다. 다시 두율의 평성 '將'자에 대해 보기로 한다.

未將梅藥驚愁眼　●○○○●○○
要取椒花媚遠天　●●○○○●○
매화 꽃술 가지고는 아직 시름겨운 눈을 놀라게 하지 못하니,
산초꽃이나마 가져다가 먼 하늘에 있음을 달래봐야지.

- 권14「十二月一日三首㈠」⑤ -

春花不愁不爛熳　○○●○●●●
楚客惟聽棹相將　●●○○●○○
봄꽃이 흐드러지게 피지 않을까 걱정도 않지만,
초의 나그네는 오직 노를 서로 젓는 소리단 듣고자 하네.

- 권14「十二月一日三首㈡」⑧ -

舞石旋應將乳子　●●○○○●●
行雲莫自濕仙衣　○○●●●○○
춤추는 돌(石燕)은 도리어 마땅히 새끼를 거느렸고,
떠가는 구름(신녀)은 스스로 선녀옷을 적시지 말라.

- 권15「雨不絶」⑤ -

多少材官守涇渭　○●○○●○○
將軍且莫破愁顏　○○●●●○○

얼마나 (많은) 재주 있는 관원들이 경위를 지키는지?
장군들은 잠시라도 시름된 얼굴을 없애지 마오.

- 권16 「諸將五首(一)」⑧ -

岸容待臘將舒柳　●○●●○○●
山意衝寒欲放梅　○●○○●●○

언덕 모습은 납일을 기다려 장차 버들을 펴려 하니,
산의 뜻은 추위와 맞서 매화를 피우고자 하네.

- 권18 「小至」⑤ -

念我能書數字至　●●○○●●●
將詩不必萬人傳　○○●●●○○

나를 생각한다면 단지 몇 자 써서 보내줄 뿐이고,
(내) 시를 가지고 만인에게 전할 필요는 없네.

- 권22 「公安送韋二少府匡贊」④ -

㈏ 去聲(漾) : '將帥', '통솔(지휘)하다'의 뜻이다.

今日朝廷須汲黯　○●○○○●●
中原將帥憶廉頗　○○●●●○○

오늘날 조정에서는 급암(같은 당신)을 필요로 하고,
중원의 장수로는 염파(같은 그대)를 생각하네.

- 권13 「奉寄高常侍」⑥ -

칠률이 아닌 두시 가운데 去聲의 예로 한 수를 더 들면 아래와 같다.

군中異苦樂 ○○●●●
主將寧盡聞 ●●○●○
군중에서는 고락을 달리하건만,
대장이 어찌 다 들어 알겠는가.

- 권2「前出塞九首(5)」 -

㉖ 長 : 374회

『廣韻』에는 下平聲·陽에 '久也', '遠也', '常也', '永也', 上聲·養에 '大也', 去聲·漾에 '多也'라 하였다.

㉮ 平聲(陽) : '길다', '길이', '身長', '늘'의 뜻이다.
蒼黃已就長途往   ○○●●○○●
邂逅無端出餞遲   ●●○○●●○
창황히 이미 머나먼 길로 나아가버리시니,
해후할 길 없음은 전별연에 나감이 더뎠음이라.

- 권5「送鄭十八虔…」⑤ -

林花著雨臙支濕   ○○●●○○●
水荇牽風翠帶長   ●●○○●●○
숲 속의 꽃은 비를 맞아 연지색으로 젖어있고,
물의 마름풀은 바람에 이끌려 푸른 띠처럼 길게 이어졌네.

- 권6「曲江對雨」④ -

雲斷岳蓮臨大路   ○●●○○●●

天晴宮柳暗長春　○○○●●○○
구름 사라진 서악 연화봉은 대로를 굽어보고,
하늘 갠 궁중 버드나무는 장춘궁을 어둡게 하네.
- 권6「題鄭縣亭子」④ -

何人却憶窮愁日　○○○●●○○●
日日愁隨一線長　●●○○●●○
어느 분이 곤궁 속에 근심하는 날을 생각해줄까요,
날마다 시름은 한 가닥 실을 따라 길어지네요.
- 권6「至日遣興奉寄北省舊閣老兩院故人二首㈠」⑧ -

出師未捷身先死　●○○●●○○●
長使英雄淚滿襟　○●○○●●○
군사를 내어가 이기지 못하고 몸이 먼저 죽으니,
길이 영웅들로 하여금 눈물이 옷깃에 가득케 하네.
- 권9「蜀相」⑧ -

淸江一曲抱村流　○○●●●○○
長夏江村事事幽　○●○○●●○
맑은 강 한 굽이 마을을 안고 흐르니,
긴 여름 강촌에는 일마다 그윽하네.
- 권9「江村」② -

長路關心悲劍閣　○●○○○●●
片雲何意傍琴臺　●○○●●○○
먼 길이 마음에 걸려 검각을 슬퍼하는데,
조각구름은 무슨 뜻으로 금대를 기대어 있는가?

- 권9 「野老」⑤ -

洛城一別四千里　●○●●●○○
胡騎長驅五六年　○●○○●●○

낙양에서 한번 헤어지니 사천리 밖이요,
오랑캐 기병 멀리 몰아오니 오륙 년이네.

- 권9 「恨別」② -

不辭萬里長爲客　●○●●●○○
懷抱何時好一開　○●○○●●○

만리에서 길이 나그네 됨을 마다하지 않지만,
회포를 어느 때나 시원하게 한번 풀려나?

- 권11 「秋盡」⑦ -

冬至至後日初長　○●●●●○○
遠在劍南思洛陽　●●●○○●○

동지가 이른 후에 해가 처음 길어졌는데,
멀리 검남에 와 있으면서 낙양을 생각하노라.

- 권14 「至後」① -

新亭擧目風景切　○○●●○●●
茂陵著書消渴長　●○●○○●○

신정에서 눈을 들어 보니 풍경이 처절한데,
무릉에서 글을 짓노라니 소갈병만 길도다.

- 권14 「十二月一日三首㈡」⑥ -

扶桑西枝對斷石　○○○○●●●
弱水東影隨長流　●●○○●○○○

부상의 서쪽 가지는 깎아지른 듯한 절벽을 마주대하고,
약수의 동쪽 그림자는 긴 강을 따라가네.

- 권15「白帝城最高樓」⑥ -

塔前短草泥不亂　○○●●○●●
院裏長條風乍稀　●●○○○●○

섬돌 앞 짧은 풀에 진흙이 튀지 않고,
정원 안 긴 (버드나무) 가지에는 바람이 갑자기 약해졌네.

- 권15「雨不絶」④ -

聞道長安似奕棋　○●○○●●○
百年世事不勝悲　●○●●●○○

듣자니 장안은 바둑과 장기 같다 하니,
백년의 세상일에 슬픔을 이기지 못하노라.

- 권17「秋興八首㈣」① -

武侯祠屋長鄰近　●○○●○○●
一體君臣祭祀同　●●○○○●○

무후의 사당이 길이 이웃 가까이 있어,
임금과 신하를 일체로 여겨 제사를 함께 받드네.

- 권17「詠懷古跡五首㈣」⑦ -

暮春三月巫峽長　●○○○●○○
晶晶行雲浮日光　●●○○○●○

저무는 춘삼월에 무협이 길게 이었으니,
하얗게 떠가는 구름이 햇빛에 떠 있네.

- 권18 「卽事」① -

無邊落木蕭蕭下　○○●●○○●
不盡長江滾滾來　●●○○●●○
가없는 숲의 낙엽은 쓸쓸히 떨어지고,
다함이 없는 긴 강물은 잇달아 흘러오네.

- 권20 「登高」④ -

年年至日長爲客　○○●●○○●
忽忽窮愁泥殺人　●●○○●●○
해마다 동짓날에 길이 나그네 되니,
실의에 잠겨 깊은 시름 사람의 마음을 짓누르네.

- 권21 「冬至」① -

郊扉俗遠長幽寂　○○●●○○●
野水春來更接連　●●○○●●○
교외 사립문은 세속이 멀어 늘 그윽하고 고요한데,
들판의 물은 봄이 오자 다시 이어졌네.

- 권21 「宇文晁尙書之子…」① -

數問舟航留製作　●●○○○●●
長開篋笥擬心神　○○●●●○○
자주 배를 찾아 글을 지어 남기시니,
늘 책 상자를 열고 그대 마음 보듯 여겼네.

- 권22「留別公安太易沙門」④ -

雲白山青萬餘里　○●○○●○○
愁看直北是長安　○○●●●○○
구름 희고 산 푸른 것이 만리 남짓 펼쳐져 있지만,
곧장 북쪽으로 가면 장안이기에 시름겹게 바라보네.

- 권23「小寒食舟中作」⑧ -

㈕ 上聲(養) : '어른', '나이가 많다', '우두머리', '앞장', '자라다', '낮다'의 뜻이다. 『杜詩詳註』에서는 上聲에 대해 '上聲' 혹은 '子兩切', '丁丈切' 식으로 표시하고 있다. '長年', '長者', '長老', '長幼', '長卿', '生長' 등이 이에 속한다.

陳留阮瑀誰爭長(丁丈切)　○○●●○○●
京兆田郎早見招　○●○○●●○
진류의 완우와 (그대) 누가 나음을 다투리오,
경조의 전랑이 일찍 부름을 받았네.

- 권3「贈田九判官梁丘」⑤ -

長(子兩切)年三老遙憐汝　●○○●●○●
掁楲開頭捷有神　●●○○●●○
장년과 삼로야 멀리서 너를 어여뻐 여기니,
키 틀어 뱃길 여는 솜씨 귀신 같이 빠를 것이야.

- 권14「撥悶」⑤ -

舟中得病移衾枕　○○●●○○●

洞口經春長(子兩切)薜蘿　●●○○●●○
배 가운데서 병을 얻어 이불과 베개를 옮겨오고,
동네 어귀에서 봄을 지내니 벽라가 자라네.
- 권15「峽中覽物」⑥ -

群山萬壑赴荊門　○○●●●○○
生長(子兩切)明妃尙有村　○●○○●●○
뭇 산의 온 골짝이 형문으로 달리는 곳에,
명비 나서 자란 마을이 아직도 남아 있네.
- 권17「詠懷古跡五首㈢」② -

㈐ 去聲(漾) : '많다', '나머지'의 뜻이다.
두시에서 去聲으로 읽은 예는 단 두 수 뿐[78]이다.

官聯辭冗長(去聲) ○○○●●
行路洗敧危 ○●●○○
관직으로는 남아도는 직책(한직)을 사임하고,
인생행로는 위험 길에서 옮겼네.
- 권15「贈崔十三評事公輔」 -

'長'자를 去聲(漾韻)으로 읽으면 '많다'는 뜻이 된다. 따라서 '冗
長'은 '많아서 남아돌다'는 뜻이 된다.

㉗ 縱 : 34회

---

78) 다른 한 수는 '艱難體貴安, 冗長吾敢取'(권23「奉贈李八丈判官」)이다.

『廣韻』에는 上平聲·鍾에 '縱橫也', 去聲·用에 '放縱', '緩也', '舍也' 라 하였다.

㈎ 平聲(冬) : '세로', '縱橫'의 뜻이다. 『杜詩詳註』에는 平聲 표시 (14수)만 되어 있다.

渭水秦山得見否　●●○○●●●
人今罷病虎縱橫　○○○●●○○
위수와 진산을 능히 볼 수 있을까 없을까,
사람들은 이제 지쳐 병들었는데 호랑이는 날뛰네.

- 권18 「愁」⑧ -

㈏ 去聲(宋) : '놓다', '어지럽다', '늘어지다', '제멋대로 하다', '가 령'의 뜻이다.

縱酒欲謀良夜醉　●●●○○●●
歸家初散紫宸朝　○○○●●○○
술을 흠뻑 마셔 좋은 밤에 취함을 꾀하고자 하여,
집으로 돌아오니 자신전 조회를 막 마치고서이다.

- 권5 「臘日」⑤ -

縱飮久判人共棄　●●●○○●●
懶朝眞與世相違　●○○○●●○○
한껏 술에 절어 (스스로) 버린 지 오래니 남들도 모두 (날) 버리고,
조회를 게을리하니 진정 세상과 서로 어긋나 버렸네.

- 권6 「曲江對酒」⑤ -

白首放歌須縱酒　●●●●○○●

靑春作伴好還鄕　　○○●●●○○
머리는 세었지만 맘껏 노래하며 모름지기 술을 실컷 마시고,
푸른 봄날을 벗 삼으니 고향에 돌아가기 딱 좋네.
- 권11「聞官軍收河南河北」⑤ -

㉘ 中 : 360회

『廣韻』에는 上平聲·東에 '平也', '成也', '宜也', '堪也', '任也', '和也', '牟也', 去聲·送에 '當也'라 하였다.

㈎ 平聲(東) : '가운데', '안'의 뜻이다. '中原', '中央', '中使', '中丞', '中宵' 등이 이에 속한다.
宮中每出歸東省　　○○●●●○○●
會送夔龍集鳳池　　●●○○○●○
궁중에서 늘상 나와서 동성으로 돌아갔다가,
함께 기용(재상)을 전송하러 봉지로 모인다.
- 권6「紫宸殿退朝口號」⑦ -

玉几由來天北極　　●●○○○●●
朱衣只在殿中間　　○○●●●○○
옥으로 만든 궤(천자)는 원래부터 하늘의 북극성에 있고,
붉은 옷 입은 이(시종관)는 단지 어전 가운데 있겠지요.
- 권6「至日遣興奉寄北省舊閣老兩院故人二首㈡」⑥ -

自去自來梁上燕　　●●●●○○●●
相親相近水中鷗　　○○○●●○○
절로 가며 절로 오는 것은 지붕 위의 제비요,
서로 친하며 서로 가까운 것은 물 가운데 갈매기라.

- 권9 「江村」④ -

天寒白鶴歸華表　○○●●○○●
日落靑龍見水中　●●○○●●○
날씨가 차가우니 흰 학이 화표주로 돌아오고,
해가 지니 푸른 용이 물속에 나타나네.

- 권10 「陪李七司馬皁江上觀造竹橋卽日成…」④ -

童稚情親四十年　○●○○●●○
中間消息兩茫然　○○○●●○○
어려서부터 친밀한 정분 사십 년이 지났는데,
그간의 소식은 둘 다 아득하였네.

- 권12 「送路六侍御入朝」② -

中天積翠玉臺遙　○○●●●○○
上帝高居絳節朝　●●○○●●○
하늘 가운데 녹음 짙은 곳에 옥대가 아득하니,
상제가 높이 거처하여 붉은 옥절로 조회하네.

- 권13 「玉臺觀二首」① -

今日朝廷須汲黯　○●○○○●●
中原將帥憶廉頗　○○●●●○○
오늘날 조정에서는 급암(같은 당신)을 필요로 하고,
중원의 장수로는 염파(같은 그대)를 생각하네.

- 권13 「奉寄高常侍」⑥ -

永夜角聲悲自語　●●●○○●●
中天月色好誰看　○○●●●○○

긴 밤 호각소리 구슬피 울려 혼자 말하는 듯하고,
하늘 가운데 달빛은 좋은데 누구와 보리오.

- 권14「宿府」④ -

舟中得病移衾枕　○○●●●○○
洞口經春長薜蘿　●●○○●●○

배 가운데서 병을 얻어 이불과 베개를 옮겨오고,
동네 어귀에서 봄을 지내니 벽라가 자라네.

- 권15「峽中覽物」⑤ -

白帝城中雲出門　●●○○○●○
白帝城下雨翻盆　●●○○●●○○

백제성 안 구름이 성문으로 피어나고,
백제성 아래 비는 동이를 엎은 듯 퍼붓네.

- 권15「白帝」① -

秦中驛使無消息　○○●●○○●
蜀道兵戈有是非　●●○○●●○

진중의 사신에게서는 소식이 없으니,
촉도의 병란에 시비가 있다네.

- 권15「黃草」③ -

殊錫曾爲大司馬　○●○○●●●
總戎皆挿侍中貂　●○○●●○○

남다른 하사로 일찍이 대사마가 되었고,
장군들은 모두 시중의 담비털을 꽂았네.

- 권16 「諸將五首㈣」⑥ -

正憶往時嚴僕射　●●●○○●●
共迎中使望鄕臺　●○○●●○○

마침 생각나노니 지난날 엄복야와,
함께 망향대에서 중사를 맞이하였었지.

- 권16 「諸將五首㈤」④ -

胡騎中宵堪北走　○●○○○●●
武陵一曲想南征　●○○●●○○

오랑캐 말 탄 이는 밤중에 북으로 달아남직하고,
무릉의 한 노래는 남쪽으로 정벌함을 생각하네.

- 권17 「吹笛」⑤ -

故園楊柳今搖落　●○○●●○○
何得愁中却盡生　○●○○●●○

옛 동산의 버들은 지금쯤 흔들려 떨어졌을 것인데,
어찌하여 시름 가운데 도리어 다 살아나는가.

- 권17 「吹笛」⑧ -

回首可憐歌舞地　○●●○○●●
秦中自古帝王州　○○●●●○○

가련하게도 노래하고 춤추던 땅을 머리 돌려보니,
진중은 예로부터 임금 계시던 고을이었다네.

- 권17 「秋興八首(六)」⑧ -

昆明池水漢時功　○○○●●○○
武帝旌旗在眼中　●●○○●●○
곤명지의 못물은 한나라 때의 공적이니,
무제의 깃발이 눈 안에 있는 듯하네.

- 권17 「秋興八首(七)」② -

千載琵琶作胡語　○●○○●●●
分明怨恨曲中論　○○●●●○○
천년의 비파 소리에 오랑캐 노랫말을 붙였거니,
그 또렷한 원한이 노래 속에서 호소하누나.

- 권17 「詠懷古跡五首(三)」⑧ -

翠華想像空山裏　●○○●●○○●
玉殿虛無野寺中　●●○○○●●○
빈 산속에서 천자의 깃발을 상상하니,
옥전은 들판 절 가운데 텅 비어 없네.

- 권17 「詠懷古跡五首(四)」④ -

雲物不殊鄉國異　○●●○○●●
教兒且覆掌中杯　○○●●●○○
경물은 다르지 않으나 고향은 다르니,
아이를 시켜 또한 손 가운데 있는 잔을 뒤엎어 먹노라.

- 권18 「小至」⑧ -

中丞問俗畵熊頻　○○●●●○○
愛弟傳書綵鷁新　●●○○●●○
중승이 풍속 묻고자 곰 그린 수레를 자주 타니,
동생은 편지 전하러 익조 그려진 배를 새로 내네.
- 권18「奉送蜀州栢二別駕…」① -

故鄕門巷荊棘底　●○○●●●
中原君臣豺虎邊　○○○○●●○
고향의 門庭과 里巷은 (지금) 가시덤불 밑에 있고,
중원의 임금과 신하는 승냥이와 범 곁에 있도다.
- 권18「晝夢」⑥ -

臥病擁塞在峽中　●●●●●●○
瀟湘洞庭虛映空　○○●●○●○
병들어 누워서 꽉 막힌 협중에 있으니,
소상과 동정이 부질없이 허공에 비치네.
- 권18「暮春」① -

笑接郎中評事飮　●●○○○●●
病從深酌道吾眞　●○○○●○○
웃으며 낭중과 평사를 맞아 술 마시노니,
병중에도 가득 부음을 좇음은 내 진심을 말함이다.
- 권18「赤甲」⑦ -

春雨闇闇塞峽中　○●●●●●○
早晚來自楚王宮　●●○○●○○

봄비가 어둑어둑하게 협중에 꽉 차 있으니,
언제 초나라 왕궁으로부터 왔는가.

- 권18 「江雨有懷鄭典設」① -

重陽獨酌杯中酒　○○●●○○●
抱病起登江上臺　●●●○○●○
중양절에 홀로 잔 속에 술을 부어,
병을 안고서 일어나 강가의 누대에 올랐네.

- 권20 「九日五首」① -

天畔羣山孤草亭　○●○○○●○
江中風浪雨冥冥　○○○●●○○
하늘가 뭇 산 속에 외로운 풀로 이은 정자,
강 가운데 바람 부는 물결에 비는 어둑히 내리네.

- 권20 「卽事<天畔>」② -

春水船如天上坐　○●○○○●●
老年花似霧中看　●○○○●●○○
봄물의 배는 하늘 위에 앉은 듯하고,
늙은 나이의 꽃은 안개 속에서 보는 듯하네.

- 권23 「小寒食舟中作」④ -

㉯ 去聲(送) : ‘當하다’, ‘맞히다(的中)’, ‘두 번째(仲也)’의 뜻이다. 『杜詩詳註』에는 去聲 표시를 하거나, ‘張仲切’, ‘竹仲切’식으로 표시하고 있다. ‘中興’, ‘百中’, ‘中風’ 등이 이에 속한다.

萬里傷心嚴譴日　●●○○○●●

百年垂死中(張仲切)興時　●○○○●●○○

만리까지 엄한 질책 받던 날을 마음 아파하고,

한평생을 중흥한 때에 거의 죽게 되었구나.

- 권5 「送鄭十八虔…」④ -

‘中興’의 ‘中’자는 去聲(送)으로 ‘仲(두 번째)’의 뜻이다. 이미 흥하였다가 다시 흥함을 말한다. 또는 도중에 쇠하였다가 다시 흥함을 말한다. 嚴有翼은, "왕실의 운수가 중도에 막히었다가 다시 일어난 것을 일러 중흥이라고 한다."[79]고 하였다. 『東國正韻』에도 ‘맞히다(矢至的), 中興, 中風’은 送韻에 넣었다.

一生自獵知無敵　●○●●○○●

百中(去聲)爭能恥下鞲　●●○○●●○

한평생 스스로 사냥하며 대적할 이 없음을 알고 있으니,

백발백중 능력을 다투며 버렁에 내려앉길 부끄러워하네.

- 권18 「見王監兵馬使…二首㈠」⑥ -

㉙ 重 : 132회

『廣韻』에는 上平聲·鍾에 ‘複也’, ‘疊也’, 上聲·腫에 ‘多也’, ‘厚也’, ‘善也’, ‘愼也’, 去聲·用에 ‘更爲也’라 하였다.

㈎ 平聲(冬) : ‘거듭’, ‘중첩’의 뜻이다.

便與先生應永訣　●●○○○●●

九重泉路盡交期　●○○●●○○

---

79) 嚴有翼 『藝苑雌黃』 : 凡王室中否而復興 謂之中興.

문득 선생과 더불어 응당 영원한 이별이 될지니,
구중의 황천길에서 만날 기약을 다하리라.

– 권5「送鄭十八虔…」⑧ –

五夜漏聲催曉箭　●●●○○●●
九重春色醉仙桃　●○○●●○○

오야의 물시계 소리 새벽 漏箭을 재촉하니,
구중의 봄빛에 복사꽃이 취한 듯 붉구나.

– 권5「奉和賈至舍人早朝大明宮」② –

孤城返照紅將斂　○○●●○○●
近市浮烟翠且重　●●○○●●○

외로운 성에 도로 비치는 해는 붉은빛이 장차 걷히려 하고,
가까운 저자에 떠있는 연기는 푸른빛이 또한 짙어가네.

– 권9「暮登四安寺鐘樓…」④ –

去年登高郲縣北　●○○○○●●
今日重在涪江濱　○●○●○○○

지난해에 처현 북쪽 (산)에 높이 올랐는데,
오늘 다시 부강 물가에 (머물러) 있네.

– 권12「九日」② –

他日一盃難强進　○●●○○●●
重嗟筋力故山違　○○○●●○○

다른 날에는 한 잔도 억지로 나아가기 어려우리니,
근력이 고향 산과 어긋남을 거듭 슬퍼하노라.

- 권14「十二月一日三首㈢」⑧ -

洛陽宮殿化爲烽　●○○○●○○
休道秦關百二重　○●○○●●○
낙양의 궁전이 봉화대가 되어버렸으니,
진관을 백이중이라 말하지 마오.

- 권16「諸將五首㈢」② -

重陽獨酌杯中酒　○○●●○○●
抱病起登江上臺　●●●○○●○
중양절에 홀로 잔 속에 술을 부어,
병을 안고서 일어나 강가의 누대에 올랐네.

- 권20「九日五首」① -

早春重引江湖興　●○○●○○●
直道無憂行路難　●●○○○●○
이른 봄에 다시 강호의 흥취 이끌어내니,
다만 가는 길 어려움을 근심하지 않길 말하노라.

- 권21「人日二首」⑦ -

㈏ 上聲(腫) : '무겁다', '삼가다', '두텁다', '중히 여기다'의 뜻이다.

殊方又喜故人來　○○●●●○○
重鎭還須濟世才　●●○○○●○
타향에서 옛벗이 (절도사로) 옴을 또 기뻐하니,
(성도같이) 중한 兵陣에는 또한 세상 건질 재주가 필요하다오.

- 권13 「奉待嚴大夫」② -

㈐ 去聲(宋) : '매우', '더욱 '의 뜻이다.

두율에는 예문이 보이지 않는다. 다만 두시 전체를 두고 보면 去聲이라 한 시는 두 수[80] 뿐이고, '義從平聲 讀用去聲'으로 표시한 시는 7수가 있다. 이에 대해서는 앞에서 이미 언급하였다.

㉚ 稱 : 27회

『廣韻』에는 下平聲·蒸에 '知輕重也', 去聲·證에 '愜意', '等也', '銓也', '度也'라 하였다.

㉮ 平聲(蒸) : '일컫다', '저울질하다', '칭찬하다'의 뜻이다.

　　鄭公樗散鬢成絲　　●○○●●○○
　　酒後常稱老畫師　　●●○○●●○

정공은 쓰이지 못한 채 귀밑머리만 실처럼 되니,
술만 취하고 나면 늘 늙은 화가라 칭했었지.

- 권5 「送鄭十八虔…」② -

㉯ 去聲(徑) : '알맞다', '어울리다', '부합하다'의 뜻이다.

　　年過半百不稱意　　○○●●●●●
　　明日看雲還杖藜　　○●○○○●○

나이가 반백이나 지났지만 뜻에 맞는 일 없으니,
내일도 구름 보며 또 명아주 막대나 짚으리라.

---

80)　對此融心神, 知君重(去聲)毫素(「奉先劉少府新畫山水障歌」), 道爲詩書重(去
　　聲), 名因賦頌雄(「哭長孫侍御」)

- 권22 「暮歸」⑦ -

㉛ 頗 : 45회

『廣韻』에는 下平聲·戈에 ‘『說文』曰 頭偏也’, 上聲·果에 ‘普波切’,
去聲·過에 ‘普禾切’이라 하였다.

㈎ 平聲(歌) : ‘비뚤어지다’, ‘치우치다’, ‘人名(廉頗)’의 뜻이다.

今日朝廷須汲黯 ○●○○○●●
中原將帥憶廉頗 ○○●●●○○

오늘날 조정에서는 급암(같은 당신)을 필요로 하고,
중원의 장수로는 염파(같은 그대)를 생각하네.

- 권13 「奉寄高常侍」⑥ -

㈏ 上聲(哿) : ‘자못’, ‘꽤’, ‘어느 정도’의 뜻이다.

汝上相逢年頗多 ●●○○○●○
飛騰無那故人何 ○○○●●○○

문수 가에서 서로 만났던 햇수 자못 많으니,
날아오르듯 하니 친구를 (나로서는) 어쩔 수가 없다네.

- 권13 「奉寄高常侍」① -

㉜ 和 : 45회

『廣韻』에는 下平聲·戈에 ‘諧也’, ‘不堅不柔也’, 去聲·過에 ‘聲相應’
이라 하였다.

㈎ 平聲(歌) : ‘온화하다’, ‘조화롭다’, ‘화합하다’, ‘中和’, ‘和親’의

뜻이다.

> 橙林礙日吟風葉　○○●●○○●
> 籠竹和烟滴露梢　○●○○●●○
> 해를 가린 기나무 숲에는 바람에 잎사귀 울리고,
> 안개 낀 농죽에는 이슬이 가지에 방울져 뜰어지네(젖었네).
>
> 　　　　　　　　　　　　　　　　－ 권9「堂成」④ －

> 風飄律呂相和切　○○●●○○●
> 月傍關山幾處明　●●○○○●○
> 바람결에 율려소리 날려 서로 어울려 절묘한데,
> 달은 관산에 기대어 몇 곳을 비추는고.
>
> 　　　　　　　　　　　　　　　　－ 권17「吹笛」③ －

㈏ 去聲(箇) : '화답하다', '응하다', '곡조', '섞다', '더하다'의 뜻이다. 『杜詩詳註』에는 去聲 6수[81)]가 표시되어 있다.

> 雷聲忽送千峰雨　○○●●○○●
> 花氣渾如百和香　○●○○●●○
> 우레 소리 홀연히 일천 봉우리에 비를 보내니,
> 꽃 기운은 온통 온갖 것 섞어 만든 향과 같네.
>
> 　　　　　　　　　　　　　　　　－ 권18「卽事＜暮春＞」④ －

'百和'의 '和'자가 去聲인 것에 대한 설명은 이미 앞부분에서 하

---

81) 唱和作威福, 孰肯辨無辜(「草堂」), 竟日鶯相和, 摩霄鶴數群(「晴二首(1)」), 高
　　枕虛眠晝, 哀歌欲和誰(「夔府書懷四十韻」), 雷聲忽送千峰雨, 花氣渾如百和香
　　(「卽事」), 往日用錢捉私鑄, 今許鉛錫和靑銅(「歲晏行」), 唱和將雛曲, 田翁號
　　鹿皮(「同豆盧峰知字韻」).

였다.

㉝ 華 : 99회

『廣韻』에는 下平聲·麻에 '草盛也', '色也', '華荂也', 去聲·禡에 '華山'이라 하였다.

㈎ 平聲(麻) : '빛나다', '中華', '꽃피다', '화려하다', '아름답다'의 뜻이다.

  自知白髮非春事　●○●●●○○●
  且盡芳樽戀物華　●●○○○●●○
  백발이 봄놀이 아닌 줄을 스스로 알지마는,
  잠시 향긋한 술동이 다 비우며 경물의 화려함을 사랑하네.
          - 권6「曲江陪鄭八丈南史飮」④ -

  天寒白鶴歸華表　○○●●○○●
  日落靑龍見水中　●●○○●●○
  날씨가 차가우니 흰 학이 화표주로 돌아오고,
  해가 지니 푸른 용이 물속에 나타나네.
       - 권10「陪李七司馬皂江上觀造竹橋卽日成…」③ -

  夔府孤城落日斜　○●○○●●○
  每依北斗望京華　●○●●●○○
  기부의 외로운 성에 지는 해 기울 때면,
  언제나 북두성에 의지하여 서울 쪽을 바라보네.
        - 권17「秋興八首㈡」② -

翠華想像空山裏　●○●●○○●
玉殿虛無野寺中　●●○○●●○
빈 산속에서 천자의 깃발을 상상하니,
옥전은 들판 절 가운데 텅 비어 없네.

- 권17「詠懷古跡五首㈣」③ -

㈏ 去聲(禡) : '산 이름', '華山', '華嶽'의 뜻이다.

金華山北涪水西　○●○●○●○
仲冬風日始凄凄　●○○●●○○
금화산의 북쪽과 부강의 서쪽(인 이곳),
한겨울이 되서야 바람과 해가 비로소 쌀쌀해지네.

- 권11「野望<金華>」① -

『杜詩詳註』에 '華嶽', '華山', '華原', '嵩華', 華陽'에는 去聲 표시가 있으나 '金華山'에는 표시가 없다.

巫峽忽如瞻華嶽　○●●●○●●
蜀江猶似見黃河　●○○●●○○
무협은 문득 화산을 보는 것 같고,
촉강은 오히려 황하를 보는 듯하네.

- 권15「峽中覽物」③ -

㉞ 橫 : 49회
『廣韻』에는 下平聲·唐에 '長安門名', 下平聲·庚에 '縱橫也', 去聲·映에 '非理來'라 하였다.

㈎ 平聲(庚) : '비끼다', '가로'의 뜻이다.

靑蛾皓齒在樓船　○○●●●○○

横笛短簫悲遠天　○●●○○●○

푸른 아미와 하얀 치아 누선에 있으니,

비낀 피리와 단소 소리 먼 하늘까지 구슬피 울리네.

- 권3「城西陂泛舟」② -

渭水秦山得見否　●●○○●●●

人今罷病虎縱橫　○○○●●○○

위수와 진산을 능히 볼 수 있을까 없을까,

사람들은 이제 지쳐 병들었는데 호랑이는 날뛰네.

- 권18「愁」⑧ -

㈏ 去聲(敬) : '거스리다', '사납다', '橫行'의 뜻이다.

安得務農息戰鬪　○●●○●●●

普天無吏橫索錢　●○○●●●○

어찌하면 능히 농사지음을 힘쓰고 싸움을 그치게 하여,

넓은 하늘 아래 관리가 비뚜로 돈을 착취함을 없게 할까.

- 권18「晝夢」⑧ -

㉟ 興 106회 :

『廣韻』에는 下平聲·蒸에 '盛也', '擧也', '善也', '『說文』曰 起也',
去聲·證에 '許應切', '許陵切'이라 하였다.

㈎ 平聲(蒸) : '일어나다', '흥성하다', '일으키다'의 뜻이다.

萬里傷心嚴譴日　●●○○○●●

百年垂死中興時　　●○○○●●○○

만리까지 엄한 질책 받던 날을 마음 아파하고,

한평생을 중흥한 때에 거의 죽게 되었구나.

- 권5「送鄭十八虔…」④ -

㈏ 去聲(徑) : '감흥', '흥취', '興味'의 뜻이다.『杜詩詳註』에는 80
수에 去聲이 표시되어 있다.

乘興杳然迷出處　　○●●○○●●

對君疑是泛虛舟　　●○○○●●○○

흥에 겨워 왔다 아득하여 나가고 머무름을 잃었으니,

그대 대하노라면 빈 배가 떠 있는 듯하네.

- 권1「題張氏隱居二首」⑦ -

鄭縣亭子澗之濱　　●●○○●●○○

戶牖憑高發興新　　●●○○●●○

정현의 정자가 시내 물가에 있으니,

창이 높은 데 있어 새롭게 흥취를 일으키네.

- 권6「題鄭縣亭子」② -

老去悲秋强自寬　　●●○○○●○

興來今日盡君歡　　●○○○●●○○

늙어갈수록 가을 경치에 슬프지만 억지로 스스로 위로하고,

오늘은 흥이 났으니 그대와 환락을 다하고 헤어지리라.

- 권6「九日藍田崔氏莊」② -

東行萬里堪乘興　　○○○●●○○●

須向山陰入小舟　○●○○●●○

동쪽으로 만리교로 가 흥을 탐직하니,
모름지기 산음을 향하여 작은 배에 들리라.

- 권9「卜居」⑦ -

不嫌野外無供給　●○●●●○○●
乘興還來看藥欄　○●○○○●○

초야라 (아무) 대접할 것이 없는데 이를 싫어하지 않는다면,
흥이 날 때 다시 작약 울타리 보러 오시구려.

- 권9「賓至」⑧ -

東閣官梅動詩興　○●○○●○●
還如何遜在揚州　○○○●●○○

동쪽 누각의 관매가 시흥을 일으켰으니,
흡사 하손이 양주에 있을 적과 같군요.

- 권9「和裴迪登蜀州東亭…」① -

知君未愛春湖色　○○●●○○●
興在驪駒白玉珂　●●○○○●○

알지요, 그대는 봄 호수의 빛을 사랑하지 않고,
여구 부르고 백옥가를 울림에 흥심이 있음을.

- 권13「奉寄別馬巴州」⑧ -

愁極本憑詩遣興　○●●●○○●
詩成吟咏轉凄凉　○○○●●○○

시름이 지극하면 본래 시에 의지하여 흥을 폈건만,
시구가 이루어져 읊조리자니 도리어 맘만 슬퍼지네.

- 권14 「至後」⑦ -

曾爲掾吏趨三輔　○○●●○○●
憶在潼關詩興多　●●○○○●○

일찍이 연리가 되어 삼보를 바삐 다녔는데,
동관에 있으면서 시흥이 많았던 것을 생각하네.

- 권15 「峽中覽物」② -

早春重引江湖興　●○○○●○○
直道無憂行路難　●●○○○●○

이른 봄에 다시 강호의 흥취 이끌어내니,
다만 가는 길 어려움을 근심하지 않길 말하노라.

- 권21 「人日二首」⑦ -

不是尙書期不顧　●●○○○●●
山陰夜雪興難乘　○○●●●○○

상서와의 기약을 돌보지 않는 것이 아니라,
산음의 눈 내리는 밤처럼 흥을 타기 어려워서랍니다.

- 권21 「多病執熱奉懷李尙書」⑧ -

⑶ 平仄異讀異音義

　평측도 다르게 읽고 음과 의미도 다른 글자로, 같은 글자가 뜻에 따라 음도 달라지면서 平聲으로 혹은 측성으로 읽을 수 있는 경우를 말한다.

① 更(音 경, 갱) : 168회

『廣韻』에는 下平聲·庚에 '代也', '償也', '改也', 去聲·映에 '易也', '改也'라 하였다.

㈎ 平聲(庚) : 音은 '경'이고, '고치다', '시각'의 뜻이다.

去歲茲晨捧御床　●●○○●●○
五更三點入鵷行　●○○○●○○
지난 해 이날 새벽에 용상을 받잡고,
오경 삼점에 백관의 반열에 들었지요.

– 권6「至日遣興奉寄北省舊閣老兩院故人二首㈠」② –

病渴三更迴白首　●●○○○●●
傳聲一注濕靑雲　○○●●●○○
목마름에 병들어 삼경에 흰 머리 돌려 바라보니,
전해오는 한 줄기 물소리 푸른 구름도 적실 듯하네.

– 권15「示獠奴阿段」⑤ –

五更鼓角聲悲壯　●○○●●○○●
三峽星河影動搖　○●○○○●●○
오경의 고각 소리는 슬프며 장대하고,
삼협의 별과 은하는 그림자 (물결에) 흔들리네.

– 권18「閣夜」③ –

㈏ 去聲(敬) : 音은 '갱'이고, '다시', '또', '더욱'의 뜻이다.

春山無伴獨相求　○○○●●○○
伐木丁丁山更幽　●●○○○●○

봄 산에 벗도 없이 홀로 (그대를) 찾아가니,
나무 베는 소리 쩡쩡하니 산이 더욱 그윽하네.
- 권1「題張氏隱居二首」② -

揚雄更有河東賦　○○●●○○●
唯待吹噓送上天　○●○○●●○
양웅이 또「하동부」를 지은 것이 있으니,
오직 불어서 하늘로 올려 보내주길 기다리네.
- 권3「贈獻納使起居田舍人澄」⑦ -

近侍卽今難浪迹　●●●今○○●●
此身那得更無家　●○○○●●○○
천자를 가까이 모시고 있어 이제는 떠돌기 어렵거니와
이 몸이 어찌 또 집이 없을 수 있으랴.
- 권6「曲江陪鄭八丈南史飮」⑥ -

吏情更覺滄洲遠　●○○●●○○●
老大徒傷未拂衣　●●○○○●●○
벼슬아치의 마음은 더욱 창주가 먼 것을 깨달으니,
늙어서도 한갓 옷을 떨쳐버리지 못함을 슬퍼하노라.
- 권6「曲江對酒」⑦ -

更欲題詩滿靑竹　●●○○○●●○
晚來幽獨恐傷神　●○○○●●○○
다시 시를 지어 푸른 대에 가득히 채우고 싶으나,
저물녘에 그윽한 곳에 혼자 있다 마음 상할까 두렵네.

– 권6「題鄭縣亭子」⑦ –

有時自發鐘磬響　●○○●●○●●
落日更見漁樵人　●●●●●○○○
때때로 종과 풍경소리 절로 나고,
해질녘에 어부와 나무꾼을 다시 보네.

– 권6「崔氏東山草堂」④ –

已知出郭少塵事　●○○●●●○○
更有澄江銷客愁　●●○○○●○
이미 성곽을 벗어나 속세 일 적음을 알겠고,
또 맑은 강은 나그네 시름을 삭임이 있도다.

– 권9「卜居」④ –

欲塡溝壑惟疏放　●○○○●○○●
自笑狂夫老更狂　●●○○○●●○
(떠돌다 죽어) 구렁을 메우려함은 소방한 탓일 따름이니,
미친놈이 늙을수록 더욱 미쳐 감을 스스로 비웃네.

– 권9「狂夫」⑧ –

但有故人供祿米　●●●○○○●●
微軀此外更何求　○○●●●○○
다만 벗이 녹미를 보내줌이 있다면,
찮은 몸이 이 밖에 다시 무엇을 바라리요.

– 권9「江村」⑧ –

玉壘題書心緒亂　●●○○○●●
何時更得曲江遊　○○●●●○○

옥루산에서 편지를 쓰노라니 마음이 어지러우니,
어느 때나 다시 곡강에서 노닐 수 있을까.

- 권10「寄杜位」⑧ -

更爲後會知何地　●○●●○○●
忽漫相逢是別筵　●●○○○●○

다시 훗날 만남이 어느 곳이 될지 모르겠으나,
문득 서로 만난 것이 이별의 술자리라니.

- 권12「送路六侍御入朝」③ -

叟肯紅顔生羽翼　●●○○○●●
便應黃髮老漁樵　●○○○●●○○

다시 기꺼이 붉은 얼굴에 깃과 날개가 돋아난다면,
곧 마땅히 누런 머리의 어부나 나뭇꾼으로 늙어 가리라.

- 권13「玉臺觀二首」⑦ -

戎馬相逢更何日　○●○○●●●
春風回首仲宣樓　○○○●●○○

전쟁으로 서로 만남은 또 어느 날일까,
봄바람에 중선루에서 고개 돌려보노라.

- 권13「將赴荊南寄別李劍州」⑦ -

習池未覺風流盡　●○●●○○●
況復荊州賞更新　●●○○●●○

습지에서의 풍류가 끝났음을 아직 깨닫지 못하니,
하물며 다시 형주께서 완상함이 또 새로움에 있어서랴.
　　　　　　－ 권13「將赴成都草堂途中有作先寄嚴鄭公五首(二)」⑧ －

側身天地更懷古　　●○○○●●○
回首風塵甘息機　　○●○○○●○
천지간에 몸을 기울여 다시 (평화로웠던) 옛날을 생각하고,
풍진에 머리 돌려보며 기심 그침을 달게 여기오.
　　　　　　－ 권13「將赴成都草堂途中有作先寄嚴鄭公五首(五)」⑤ －

葉心朱實看時落　　●○○○●○○
階面靑苔老更生　　○●○○○●○
잎새 속의 붉은 열매는 견디다 이따금 떨어지고,
섬돌 위의 푸른 이끼는 시들었다 다시 자라네.
　　　　　　－ 권14「院中晚晴懷西郭茅舍」④ －

佳人拾翠春相問　　○○●●●○●
仙侶同舟晚更移　　○●○○○●○
고운 사람은 비취를 주워 봄에 서로 주고,
신선같은 벗들은 한 배타고 저물녘에 다시 옮겨 다녔었지.
　　　　　　－ 권17「秋興八首(八)」⑥ －

郊扉俗遠長幽寂　　○○●●●○○
野水春來更接連　　●●○○○●○
교외 사립문은 세속이 멀어 늘 그윽하고 고요한데,
들판의 물은 봄이 오자 다시 이어졌네.

- 권21「宇文晁尚書之子…」② -

　그런데 '更'자의 聲調에 대해 논란이 있는 시도 있어 소개를 한다.

　　夜闌更秉燭 ●○○●●
　　相對如夢寐 ○●○●●
　　밤이 다할 무렵 다시 촛불을 잡고서,
　　서로 마주하고 보니 꿈만 같구나.

- 권5「羌村三首(1)」 -

　『杜詩詳註』에서는 전체 160여 '更'자 중에서 平聲 글자에만 표시를 하고 이 시의 '更'자에는 아무런 표시가 없으니 去聲으로 읽으라는 뜻이다. 그런데 왕사석은 "'更'자는 平聲으로 읽는다."[82]고 하였다.

　한편 仇兆鰲는

　　陸游가, "밤이 깊었으니 당연히 잠을 자야 하는데도 다시 촛불을 잡았다는 것은 오랜 객지 생활에서 돌아온 것을 기뻐하는 뜻을 보여준다.『冷齋夜話』에서 ('更'자를) 平聲(경)으로 읽으면서 '바꿔가며 촛불을 잡는다'라는 뜻이라고 하였는데 옳지 않다."[83]고 하였다.

　라는 육유의 말을 인용하였다. 결국 '更'자를 去聲(갱)으로 읽어야

---

82)『杜臆』권2 : '更 讀平聲'.
83)『杜詩詳註』권5 : 陸放翁云, 夜深宜睡而復秉燭. 見久客喜歸之意, 冷齋讀平聲, 謂更換執燭未然.

한다는 뜻이다.

② 罷(音 피, 파) : 48회

『廣韻』에는 上平聲·支·皮에 '倦也', '止也', 上聲·紙·被에 '遣有罪', '平陂', 上聲·蟹·罷에 '止也', '休也'라 하였다. 『杜詩詳註』에는 '音疲'로 독음과 사성을 구분하고 있다.

㉮ 平聲(支) : 音은 '피'(音疲)이고, '고달프다', '잔병'의 뜻이다.

渭水秦山得見否　●●○○●●●
人今罷病虎縱橫　○○○●●○○

위수와 진산을 능히 볼 수 있을까 없을까,
사람들은 이제 지쳐 병들었는데 호랑이는 날뛰네.

- 권18「愁」⑧ -

㉯ 去聲(禡) : 音은 '파'이고, '파하다', '내치다'의 뜻이다.

朝罷香烟携滿袖　○●○○○●●
詩成珠玉在揮毫　○○○○●●○

조회 마치니 향내 소매 가득 담아오고,
시구 이루니 주옥이 붓 휘두름에 있네.

- 권5「奉和賈至舍人早朝大明宮」⑤ -

北城擊柝復欲罷　●○○●●●●
東方明星亦不遲　○○○○●●○

북녘 성에서 치는 딱따기 소리 다시 그치려 하고,
동방의 계명성 또한 늦지 않게 뜨네.

- 권22「曉發公安」① -

③ 降(音 항, 강) : 22회

『廣韻』에는 上平聲·江·栙에 '降伏', '古巷切', 去聲·絳·絳에 '下也', '歸也', '落也', '音缸 伏也'이라 하였다.

㉮ 平聲(江) : 音은 '항'이고, '항복하다'의 뜻이다. 『杜詩詳註』에는 '平聲', '音杭', '胡杠切', '戶江切'로 표시하고 있다.

  崆峒使節上靑霄 ○○●●●○○

  河隴降(平聲)王款聖朝 ○●○○○●○

  공동산의 사절이 푸른 하늘에 오른 것은,

  하농의 항복한 왕이 성조에 납관하기 위함이라.

– 권3「贈田九判官梁丘」② –

㉯ 去聲(絳) : 音은 '강'이고, '내리다'의 뜻이다.

  西望瑤池降王母 ○●○○●●●

  東來紫氣滿函關 ○○●●●○○

  서쪽으로 서왕모 내려온 요지를 바라보고,

  동쪽에서 오는 붉은 기운 함곡관에 가득했었지.

– 권17「秋興八首㈤」③ –

6. 통계로 본 특징

두보 칠언율시에 쓰인 平仄兩用字에 대한 여러 형태의 통계를 내보기로 한다. 손으로 일일이 헤아려야 했던 과거에는 엄두를 내지 못할 일이지만 요즘은 첨단 기술을 통하여 손쉽게 결과를 얻어낼 수 있다. 물론 이런 통계적 결과가 두시를 이해하는 데 얼마나 도움이 될런지는 확신할 수 없지만 그래도 누군가의 연구에 도움이 될 수도 있으므로 처음으로 시도해 본다.

(1) 글자별 빈도수

칠율에 쓰인 평측양용자는 모두 43자로, 이를 유형별로 보면
첫 번째 平仄異讀同義字는
　‘看, 過, 那, 望, 聽’ 5자이고,
두 번째 平仄異讀異義字는
　‘强, 供, 觀, 騎, 難, 泥, 浪, 令, 論, 離, 傍, 分, 比, 冰, 思, 尙,
　相, 先, 疎(疏), 勝, 闇, 與, 燕, 爲, 將, 長, 縱, 中, 重, 稱, 頗,
　和, 華, 橫, 興’ 35자이고,
세 번째 平仄異讀異音義字는
　‘更, 罷, 降’ 3자이다.

이 가운데 ‘相’, ‘闇’자처럼 같은 구에 두 번 반복(相親相近水中鷗, 暫時相賞莫相違, 春雨闇闇塞峽中)한 경우를 합산하여 43자가 각 구에 쓰인 총횟수는 425회(425자가 쓰였다는 뜻)이다.

字	看	强	更	供	過	觀	騎	那	難
평:측	21:5	2:4	3:18	5:1	7:10	1:1	1:3	3:1	13:2
合	26회	6회	21회	6회	17회	2회	4회	4회	15회
字	泥	浪	令	論	離	望	傍	分	比
평:측	7:1	2:6	2:2	3:1	4:2	1:10	2:6	10:2	1:4
合	8회	8회	4회	4회	6회	11회	8회	12회	5회
字	冰	思	尙	相*	先	疎·疏	勝	闇*	與
평:측	4:1	8:2	1:10	31:5	4:1	10:1	2:3	2:1	1:9
合	5회	10회	11회	36회	5회	11회	5회	3회	10회
字	燕	爲	長	將	縱	中	重	聽	稱
평:측	2:12	23:7	21:4	10:4	1:3	28:2	8:1	1:2	1:1
合	14회	30회	25회	14회	4회	30회	9회	3회	2회
字	頗	罷	降	和	華	橫	興		
평:측	1:1	1:2	1:1	2:1	4:2	2:1	1:11		
合	2회	3회	2회	3회	6회	3회	12회	*은 중복	

　도표에서 보다시피 20회 이상 빈도수가 많은 글자는 '看', '更' '相', '爲', '長', '中' 6자이고, '看'의 경우 平聲으로 21회, 측성으로 5 회 쓰였다. 43자 가운데 平聲으로 읽는 경우가 많으나, '更', '騎', '浪', '望', '傍', '比', '尙', '與', '燕', '縱', '興'자는 측성으로 더 많이 읽혔음을 알 수 있다.

　그러나 위 도표에 제시된 통계는 동일한 글자가 平聲과 측성 두 가지 성조로 모두 읽힌 예를 제시한 것이지 한가지 성조로만 읽힌 글자는 여기에서 빠져 있음을 알아야 한다. 즉 평측양용자이지만 칠률에서는 한 가지 성조의 예만 보인 경우는 제외되었다는 뜻이다.

예를 들면, '禁'자는 平仄異讀異義字로 去聲(沁韻)일 때는 '금하다', '대궐[禁中]'의 뜻이고, 平聲(侵韻)일 때는 '견디다'는 뜻이다. 두율에서는 平聲의 예만(冷藥疎枝半不禁 ●●○○●●○, 「舍弟觀赴藍田取妻子到江陵喜寄三首(二)」) 보이고 去聲의 예는 보이지 않아 본론에서 다루지 않았음을 말한다.

또 '判'자의 경우도 『廣韻』은 물론 『규장전운』, 현대 옥편에도 모두 去聲(翰)으로만 표시되어 있다. '판별하다', '나누다', '裁判'은 去聲이지만 두율 「曲江對酒」의 '縱飮久判人共棄'(●●●○○●●)는 의미상 '拌', '拚'자와 같아 平聲(寒)으로 읽어야 한다. 왕력도 "의미가 오늘날 '拚(서슴없이 하다)'과 비슷하다. 字典과 韻書에는 '判'자에 平聲을 기재하지 않았지만 唐詩에는 분명히 平聲의 '判'자가 있다"[84]고 하였다. 七律 가운데 去聲의 예가 보이지 않아 언급하지 않은 것이다. 다음 같은 글자도 마찬가지이다.

'忘'(蝦菜忘歸范蠡船 ○●●○○●○, 권23「贈韋七贊善」)
'聞'(聞道松州已被圍 ○●○○●●○, 권15「黃草」)
'埤'(掖垣竹埤梧十尋 ●○○●○○○, 권6「題省中壁」)
'醒'(九江日落醒何處 ●○●●○○●, 권10「所思」)
'颺'(映空搖颺如絲飛 ●○○●○○○, 권15「雨不絶」)
'阮'(窮途阮籍幾時醒 ○○●●●○○, 권20「卽事」)
'宛'(宛馬總肥秦苜蓿 ○●●○○●●, 권3「贈田九判官梁丘」)
'殷'(曾閃朱旗北斗殷 ○●○○●●○, 권16「諸將五首(一)」)
'應'(便應黃髮老漁樵 ●○○●●○○, 권13「玉臺觀二首」)

---

84) 왕력 저(송용준 역), 전게서, p.327.

'傳'(傳語風光共流轉 ○●○○●○●, 권6「曲江二首㈡」)
'吹'(萬里秋風吹錦水 ●●○○○●●, 권15「黃草」)
'便'(便與先生應永訣 ●●○○○●●, 권5「送鄭十八虔…」)
'下'(漁人網集澄潭下 ○○●●●○●, 권9「野老」)
'縣'(鄭縣亭子澗之濱 ●●○●●○○, 권6「題鄭縣亭子」)

두시 전체에 활용된 평측양용자를 참조하면 이해에 도움이 될 것이다.

⑵ 各句 字順別

평측양용자 43자가 각 구의 몇 번째 字에 배당되었는가를 살펴 본 통계이다.

句	回	句	回	句	回	句	回	句	回	句	回	句	回	合
①-1	6	①-2	5	①-3	9	①-4	4	①-5	7	①-6	8	①-7	6	45
②-1	7	②-2	9	②-3	8	②-4	6	②-5	12	②-6	7	②-7	7	56
③-1	5	③-2	12	③-3	3	③-4	3	③-5	5	③-6	9	③-7	3	40
④-1	9	④-2	5	④-3	12	④-4	4	④-5	5	④-6	11	④-7	8	54
⑤-1	7	⑤-2	7	⑤-3	5	⑤-4	7	⑤-5	15	⑤-6	7	⑤-7	4	52
⑥-1	7	⑥-2	5	⑥-3	8	⑥-4	6	⑥-5	3	⑥-6	12	⑥-7	9	50
⑦-1	7	⑦-2	12	⑦-3	7	⑦-4	3	⑦-5	11	⑦-6	13	⑦-7	4	57
⑧-1	9	⑧-2	10	⑧-3	10	⑧-4	7	⑧-5	8	⑧-6	15	⑧-7	12	71
合	57		65		62		40		66		82		53	425

위 도표에서 ①-1은 首聯 첫 구의 첫 자에 6회 쓰였다는 뜻이다. ①~⑧-1은 율시 8구 가운데 ①에서 ⑧구 모든 구의 첫 번째 자에 평측양용자가 57회 쓰였다는 의미이다. 전체적으로 보면 각 구의 두 번째 글자(65회)와 다섯 번째(66회), 여섯 번째(82회) 글자가 다른 구에 비해 비교적 많은 편인데 이는 흔히 시법에서 말하는 '二六對', '下三連' 등을 고려한 데서 나온 결과일 것이다.

참고로 이 통계는 『두시상주』를 텍스트로 하였기 때문에 '合歡(觀)却笑千年事', '不分桃花紅似(勝)錦'의 예처럼 판본에 따라 가감이 있을 수 있다. 앞장에서 예로 든 '觀'과 '勝'은 『두시상주』에는 '歡'과 '似'로 나오므로 전체 숫자는 2회 감소한다는 뜻이다. 두 글자에 대한 본문의 설명을 참고하면 쉽게 이해될 것이다.

(3) 창작 시기별

두율 151수는 이미 많은 학자들의 연구에 의하여 언제, 어디에서, 어떤 계기로 시를 지었는가가 밝혀져 있어 이를 토대로 대입해보면 아래와 같은 결과를 얻을 수 있다. 도표 속에 창작 시기, 장소, 평측양용자와 빈도수 등을 종합하여 정리해봤다. 이 도표를 참고하면 언제, 어디에서 시를 지었으며, 그 시 어느 구에 어떤 평측양용자를 몇 번째 넣었는가를 쉽게 파악할 수 있다.

詩 題	時期	장소	句 - 字順 * ①-6 : 제1구 - 여섯 번째 글자	回
題張氏隱居二首	739	齊州	①-6相, ②-6更, ③-6冰, ⑥-4看, ⑦-2興	5
鄭駙馬宅宴洞中	746	長安	④-1冰, ⑤-5過	2

城西陂泛舟	754	長安	②-1橫, ④-4看, ⑤-4浪, ⑥-1燕, ⑧-3那	5
贈田九判官梁丘	754	長安	②-3降, ④-1將, ⑤-7長	3
贈獻納使起居田舍人澄	754	長安	②-2分, ⑦-3更	2
送鄭十八虔貶台州…	757	長安	②-4稱, ④-5中, ④-6興, ⑤-5長, ⑦-2與, ⑦-3先, ⑧-2重	7
臘日	757	長安	①-6尙, ⑤-1縱	2
奉和賈至舍人…	758	長安	②-2重, ④-5燕, ⑤-2罷	3
宣政殿退朝晚出左掖	758	長安	(없음)	0
紫宸殿退朝口號	758	長安	⑦-2中	1
題省中院壁	758	長安	④-4燕, ⑧-4比	2
曲江陪鄭八丈南史飮	758	長安	④-7華, ⑤-5難, ⑤-6浪, ⑥-3那, ⑥-5更, ⑦-6强, ⑧-2傍	7
曲江二首(一)	758	長安	③-2看	1
曲江二首(二)	758	長安	⑧-3相, ⑧-6相	2
曲江對酒	758	長安	⑤-1縱, ⑥-4與, ⑥-6相, ⑦-3更	4
曲江對雨	758	長安	④-7長, ⑧-7傍	3
因許八奉寄江寧旻上人	758	長安	②-4與, ④-6與, ⑦-5爲	2
題鄭縣亭子	758	華州	②-6興, ④-6長, ⑤-7燕, ⑦-1更	4
望岳	758	華州	(없음)	0
早秋苦熱堆案相仍	758	華州	⑥-6相, ⑦-2望, ⑧-7冰	3
九日藍田崔氏莊	758	華州	①-5强, ②-1興, ③-2將, ④-3傍, ④-5爲, ⑧-7看	6
崔氏東山草堂	758	華州	②-5相, ④-3更, ⑥-4泥, ⑦-2爲	4
至日遣興…二首(一)	758	華州	②-2更, ⑧-7長	2
至日遣興…二首(二)	758	華州	①-5供, ⑥-6中	2

卜居	760	成都	②-3爲, ④-1更, ⑦-7興	3
堂成	760	成都	④-3和, ⑤-5將, ⑥-4燕, ⑦-4比	4
蜀相	760	成都	①-2相, ⑦-6先, ⑧-1長	3
賓至(有客)	760	成都	①-6過, ②-7難, ⑦-6供, ⑧-2興, ⑧-5看	5
狂夫	760	成都	②-7浪, ⑦-6疎, ⑧-6更	3
江村	760	成都	②-1長, ③-7燕, ④-1相, ④-3相, ④-6中, ⑤-5爲, ⑦-5供, ⑧-5更	8
野老	760	成都	⑤-1長, ⑥-5傍	2
南鄰	760	成都	①-3先, ③-2看, ⑧-1相	3
恨別	760	成都	②-2騎, ②-3長, ⑤-1思, ⑥-3看, ⑦-7勝, ⑧-4爲, ⑧-7燕	7
和裴迪登蜀州東亭…	760	成都	①-7興, ③-6相, ⑥-2爲, ⑥-3看	4
暮登四安寺鐘樓…	761	成都	③-6將, ④-7重, ⑥-3相, ⑦-4思	4
客至	761	成都	④-5爲, ⑦-2與, ⑦-5相	3
江上値水如海勢聊短述	761	成都	①-1爲, ③-7與, ⑤-5供, ⑦-3思, ⑧-1令, ⑧-5與	6
進艇	761	成都	②-2望, ④-2看, ⑤-6相, ⑧-6爲	4
所思	761	成都	④-3觀, ⑦-5將, ⑧-2過	3
寄杜位	761	靑城	①-5離, ②-5尙, ⑧-3更	3
送韓十四江東省覲	761	成都	(없음)	0
王十七侍御掄…	761	成都	④-4過	1
陪李七司馬…	761	蜀州	①-3爲, ③-6華, ④-7中, ⑦-2觀	4
野望<西山>	762	成都	⑤-2將, ⑤-5供	2
奉酬嚴公寄題野亭之作	762	成都	③-4騎, ⑥-7疎	2
嚴中丞枉駕見過	762	成都	④-2分	1

野人送朱櫻	762	成都	②-3相	1
嚴公仲夏枉駕草堂…	762	成都	④-3將, ⑦-1看	2
秋盡	762	梓州	⑤-4看, ⑦-5長, ⑦-6爲	3
野望<金華>	762	梓州	①-2華, ⑧-6爲	2
聞官軍收河南河北	763	梓州	③-2看, ⑤-6縱	2
送路六侍御入朝	763	梓州	②-1中, ③-1更, ③-2爲, ④-3相, ⑤-2分	5
涪城縣香積寺官閣	763	梓州	(없음)	0
又送	763	梓州	④-4望, ⑦-6分	2
送王十五判官…	763	梓州	⑤-1離	1
章梓州橘亭…	763	梓州	⑤-4爲, ⑤-5難, ⑤-6離	3
九日	763	梓州	②-3重, ③-6相, ⑤-6爲, ⑥-2難, ⑥-6傍	5
滕王亭子二首	764	閬州	②-5尙	1
玉臺觀二首	764	閬州	①-1中, ⑦-1更	2
奉寄章十侍御	764	閬州	④-3强	1
將赴荊南別李劍州	764	閬州	⑥-4浪, ⑦-3相, ⑦-5更	3
奉寄別馬巴州	764	閬州	⑥-1難, ⑥-6相, ⑥-7過, ⑧-1興	4
奉待嚴大夫	764	閬州	②-1重, ⑦-5思	2
將赴成都草堂…(一)	764	閬州~歸成都中	②-2爲, ④-2論	2
將赴成都草堂…(二)	764	上同	⑥-6比, ⑧-6更	2
將赴成都草堂…(三)	764	上同	③-1過, ⑧-1先, ⑧-7泥	3
將赴成都草堂…(四)	764	上同	⑧-7難	1
將赴成都草堂…(五)	764	上同	②-6思, ③-3爲, ⑤-5更	3

題桃樹	764	成都	⑤-7燕	1
奉寄高常侍	764	成都	①-3相, ①-6頗, ②-4那, ④-7過, ⑥-1中, ⑥-3將, ⑥-7頗	7
登樓	764	成都	②-4難, ⑥-6相, ⑧-4爲	3
院中晚晴懷西郭茅舍	764	幕府	②-3疎, ②-5過, ③-5看, ④-6更	4
宿府	764	幕府	④-1中, ④-7看, ⑥-7難, ⑧-1强	4
至後	764	劍南	①-7長, ②-5思, ⑥-6相, ⑥-7望, ⑦-7興	5
撥悶	765	忠州	③-6難, ⑤-1長, ⑧-2令	3
十二月一日三首(一)	765	雲安	⑤-2將	1
十二月一日三首(二)	765	雲安	⑥-7長, ⑧-4聽, ⑧-6相, ⑧-7將	4
十二月一日三首(三)	765	雲安	①-2看, ①-3燕, ⑦-5難, ⑦-6强, ⑧-1重	5
寄常徵君	766	雲安	②-5傍	1
示獠奴阿段	766	夔州	②-7分, ⑤-4更	2
白帝城最高樓	766	夔州	⑥-6長	1
峽中覽物	766	夔州	①-2爲, ②-6興, ③-6華, ⑤-2中, ⑥-5長, ⑦-2勝	6
雨不絶	766	夔州	①-4過, ③-5泥, ④-3長, ⑤-5將, ⑧-6浪	5
返照	766	夔州	②-5過	1
白帝	765	夔州	①-4中	1
黃草	766	夔州	③-2中	1
諸將五首(一)	766	夔州	②-5尙, ⑧-1將	2
諸將五首(二)	766	夔州	(없음)	0
諸將五首(三)	766	夔州	①-6爲, ②-7重, ⑥-7供, ⑦-6相	4
諸將五首(四)	766	夔州	⑤-4爲, ⑥-6中	2

諸將五首(五)	766	夔州	④-3中, ④-5望, ⑥-2令, ⑥-3分	4
夜	766	夔州	③-1疎, ⑦-5看	2
吹笛	766	夔州	③-5相, ③-6和, ④-2傍, ⑤-2騎, ⑤-3中, ⑧-4中	6
秋興八首(一)	766	夔州	③-4浪	1
秋興八首(二)	766	夔州	②-5望, ②-7華, ③-1聽, ⑦-2看	4
秋興八首(三)	766	夔州	④-3燕, ⑤-4疏	2
秋興八首(四)	766	夔州	①-3長, ②-6勝, ⑧-7思	3
秋興八首(五)	766	夔州	③-2望, ③-5降	2
秋興八首(六)	766	夔州	⑧-2中	1
秋興八首(七)	766	夔州	②-7中	1
秋興八首(八)	766	夔州	⑤-6相, ⑥-6更, ⑧-4望	3
詠懷古跡五首(一)	766	夔州	①-2離	1
詠懷古跡五首(二)	766	夔州	③-2望, ⑥-7思	2
詠懷古跡五首(三)	766	夔州	②-2長, ②-5尙, ⑧-1分, ⑧-6中, ⑧-7論	5
詠懷古跡五首(四)	766	夔州	③-2華, ④-7中, ⑦-5長	3
詠懷古跡五首(五)	766	夔州	③-2分, ⑦-6難	2
閣夜	766	夔州	③-2更	1
小至	766	夔州	①-6相, ⑤-5將, ⑧-6中	3
奉送蜀州柏二別駕…	766	夔州	①-1中, ⑦-1與	2
見王監兵馬使…(一)	766	夔州	⑥-2中	1
見王監兵馬使…(二)	766	夔州	(없음)	0
立春	767	夔州	⑤-5那, ⑥-6勝	2
愁	767	夔州	④-6分, ⑧-3罷, ⑧-6縱, ⑧-7橫	4

崔評事弟許相迎不到…	767	夔州	⑤-2過, ⑦-6泥, ⑧-5傍	3
遣悶戲呈路十九曹長	767	夔州	⑧-3相, ⑧-4過	2
晝夢	767	夔州	②-6分, ④-6相, ⑥-1中, ⑧-5橫	4
暮春	767	夔州	①-7中, ⑤-7闌	2
卽事<暮春>	767	夔州	①-7長, ④-6和, ⑤-3過, ⑥-1燕, ⑥-4泥	5
赤甲	767	夔州	⑦-4中	1
江雨有懷鄭典設	767	夔州	①-3闌, ①-4闌, ①-7中, ⑤-5與	4
季夏送鄕弟韶陪黃門…	767	夔州	①-1令, ①-3尙, ①-4爲, ③-1比, ③-3相, ⑤-5論	6
灩澦	767	夔州	(없음)	0
七月一日…二首(一)	767	夔州	⑤-3過, ⑥-1疎, ⑦-1看, ⑧-6尙	4
七月一日…二首(二)	767	夔州	③-5尙, ④-1爲, ⑧-3疎, ⑧-5看	4
見螢火	767	夔州	②-1疎, ⑦-6看	2
送李八祕書赴杜相公幕	767	夔州	③-4聽, ⑤-3相	2
簡吳郎司法	767	夔州	②-2騎, ③-6疎, ⑦-2爲, ⑦-5過	4
又呈吳郎	767	夔州	③-2爲, ⑥-3疎, ⑧-2思	3
九日五首	767	夔州	①-1重, ①-6中, ③-7分, ⑧-6相	4
登高	767	夔州	④-3長, ⑦-2難	2
覃山人隱居	767	夔州	⑤-4離, ⑧-2望	2
卽事<天畔>	767	夔州	②-2中, ②-4浪	2
冬至	767	夔州	①-5長, ①-6爲, ②-5泥, ④-6相	4
題柏學士茅屋	767	夔州	(없음)	0
舍弟觀赴藍田…(一)	767	夔州	(없음)	0
舍弟觀赴藍田…(二)	767	夔州	⑧-3疎	1

舍弟觀赴藍田…(三)	767	夔州	⑥-1爲, ⑦-1比	2
人日兩篇	768	夔州	②-6相, ②-7看, ④-1勝, ⑦-3重, ⑦-7興, ⑧-7難	6
宇文晁尙書之子…	768	江陵	①-5長, ②-5更, ⑧-2看	3
多病執熱奉懷李尙書	758	江陵	⑤-1思, ⑥-2望, ⑥-7冰, ⑦-3尙, ⑧-5興, ⑧-6難	6
江陵節度使陽城郡…	768	江陵	①-5冰, ②-3燕	2
又作此奉衛王	768	江陵	⑧-3相, ⑧-5爲	2
暮歸	768	公安	⑦-2過, ⑦-6稱, ⑧-3看	3
公安送韋二少府匡贊	768	江陵	④-1將, ⑧-3分	2
留別公安太易沙門	768	夔州	④-1長, ⑦-1先	2
曉發公安	768	岳州	①-7罷	1
酬郭十五判官	769	潭州	①-5尙, ⑤-3燕, ⑦-6浪	3
小寒食舟中作	770	潭州	①-3强, ④-6中, ④-7看, ⑤-5過, ⑧-2看, ⑧-6長	6
燕子來舟中作	770	潭州	①-3爲, ②-1燕, ②-4泥, ④-6看	4
贈韋七贊善	770	潭州	④-2論	1
長沙送李十一	770	潭州	①-1與, ②-3相, ③-3尙, ⑤-6難, ⑥-3泥, ⑧-6離	6
				425

　두율 전체 151수 중 평측양용자가 보이지 않는 시는 9수에 불과하다. 거의 대부분의 시에 적용했다고 보면 될 것이다. 그리고 두보 시의 경우 夔州 前後로 평가가 크게 달라지는데, 黃庭堅(1045~1105)이 기주 이후에 지은 시를 두고 "애써 자로 재고 다

듣지 않아도 저절로 (격률에) 부합되었다", 또 "구법이 간단하고 쉬우면서도 큰 기교가 나오게 되었다"[85]고 극찬한 것이나, 흔히 상대가 유배 생활을 겪으면서 오히려 학문이 발전한 것에 대해 "子美가 夔州 이후에 지은 詩나 子厚가 柳州 이후에 지은 文과 같다"[86]는 식으로 비유하고 있음도 이를 방증하고 있다.

그러나 위 도표에서 보다시피 기주 전후로 나눴을 경우 평측양용자를 적용한 횟수는 기주 전에는 79수(4,424자) 중 235자(18), 기주 후에는 72수(4,032자) 중 190자(21)로 빈도수에 크게 차이가 없음을 알 수 있다. 이러한 통계로 보면 결국 두보는 칠언율시라는 근체시의 형식을 확립하기 위해 글자를 적절히 안배하는 데 일평생 노력하였음을 알 수 있다.

---

85) ① 觀杜子美到夔州後詩 … 皆不煩繩削而自合矣(黃庭堅, 『山谷集』 권19, 「與王觀復書三首」(1)). ② 但熟觀杜子美到夔州後古律詩 便得句法簡易 而大巧出焉(上同, 「與王觀復書三首」(2)).
　　김준연 「唐代 七言律詩 研究』(서울대 박사논문, 2001)에서 재인용.
86) ① 如子美夔州以後詩。子厚柳州以後文(金正喜 『阮堂集』卷首 「覃揅齋詩集序」).
　　② 不然何先生島中述作 分明長一格價 殆類蘇長公嶺外 杜工部夔州以後作者 (趙絅『龍洲遺稿』卷11 「桐溪先生集序」).

7. 마무리

지금까지 杜詩 전체에 활용된 平仄兩用字를 우선 鳥瞰하고, 나아가 칠언율시에 이르러서는 세 가지 유형으로 나누어 한 자도 빠뜨림 없이 字句를 인용하고 그 의미에 대해 자세히 논술하였다. 平仄異讀同義 5자, 平仄異讀異義 35자, 平仄異讀異音義 3자가 그것이다.

동일한 글자가 두 가지 이상의 성조를 지니고, 또 다른 음과 의미를 가진 이른바 평측양용자는 시를 이해하는 데 매우 중요한 역할을 한다. 자칫 성조를 誤讀하게 되면 당시를 집대성한 두시의 완정한 형식을 도리어 깨트리는 우를 범할 수 있기 때문이다. 기존 연구에는 평측을 잘못 읽어 무례하게 孤仄, 下三連을 만들고, 사성체용을 오해하고, 拗體의 틀을 깨는 예들이 간혹 보이는 것도 사실이다.

평측을 올바르게 알려면 우선 시 내용부터 완벽하게 번역 해내야 한다. 글자만 보고 자전을 찾아 형식을 이해하려 하면 크게 잘못된 생각이다. 내용을 온전히 이해해야 평측양용자도 어떻게 활용되었는지 알 수 있게 되고, 나아가 형식도 그에 따라 결정되는 것이다.

현대인들은 한시에 익숙하지 않기 때문에 평측을 확정 짓기란 결코 쉬운 일이 아니다. 게다가 자전마저 저마다 조금씩 다르기 때문에 더더욱 혼동이 올 수도 있다. 그래서 당시의 평측을 이해하기 위해서는 당대에 가까운 운서를 반드시 참조해야 한다.

두시는 다행히 千家注라 불릴만큼 수많은 주석서가 전하고 있어 연구에 많은 도움이 된다. 그 가운데 특히 최고의 주석본으로 평가받고 있는 『두시상주』에는 160여 자의 평측양용자 중 어느 한 성조에다 2,300여 개 가까운 사성을 직접적인 방식(去聲으로 표시) 혹은 간접적인 방식(音이나 反切로 표시)으로 표시를 해놓았다. 이러한 그의 작업이 두시의 형식과 내용을 이해하는 데 얼마나 도움이 되는지는 본론에서 충분히 증명되었다.

그러나 이 또한 완전하다 할 수 없다. 평성양용자에 속하는 글자 가운데 누락된 자도 있고, 또 자전에는 성조가 하나뿐인데 굳이 성조를 표시하여 오히려 의아하게 만드는 부분도 있다.

또한 학자들 간에 논란이 되는 글자에 대해서도 좌우를 살피기보다 자신의 설을 증명하기 위해 주로 동조하는 설만 이끌어 온 점도 두시를 이해하는 데 걸림돌이 될 수도 있다. 물론 자세하게 풀이한 곳도 있긴 하나 부족한 면도 공존한다.

차후 연구할 내용이지만 '掫垣竹埤梧十尋'(권6「題省中院壁」①)에서 '埤'자의 경우 구조오는 다른 견해의 舊說을 인용하고 또 동조하는 사람들의 설도 첨부하였으나 편중될 뿐 다양하게 보여주지는 못했다. 필자가 살펴본 결과 '埤'자를 두고 ① '담장(墻也)'(平聲 支韻), ② '下濕'(上聲 紙韻), ③ '성가퀴'(去聲 霽韻), ④ '더하다(增也)'(平聲 支韻), ⑤ '낮다(卑也)'(平聲 支韻)는 등 학자들마다 성조가 다르고 의미가 다른 주장을 펼치고 있음을 보면 알 수 있다.

천여 년 이상 시인들의 典範이 되어온 詩聖의 칠언율시도 평측양용자의 평측이 명확히 확정되어야만 올바른 연구를 기대할 수 있다. 그러기 위해서는 千家의 설로 단단히 무장된 새로운 주해서가 하루빨리 나와야 할 것이다.

◨ 참고문헌 ◨

(1) 주해서

<古典籍>

柳允謙 外, 『杜詩諺解』(朝鮮)

李植, 『纂註杜詩澤風堂批解(朝鮮)

呂大防, 『分門集註杜工部詩』

郭知達, 『九家集注杜詩』

黃希 · 黃鶴, 『補注杜詩』

徐宅, 『集千家注杜工部詩集』

趙次公, 『杜詩趙次公先后解輯校』

蔡夢弼, 『杜工部草堂詩箋』

張性, 『杜律演義』

虞集, 『虞註杜律』

未詳, 『纂註分類杜詩』

邵寶, 『(刻杜少陵先生詩)分類集註』

張綖, 『杜工部詩通 附本義』

趙統, 『杜律意註』

顔廷榘, 『杜律意箋』

單復, 『讀杜詩愚得』

薛益, 『杜工部七言律詩分類集註』

王嗣奭, 『杜臆』

邵傅, 『杜律集解』

錢謙益, 『錢注杜詩』

謝傑, 『杜律詹言』

朱鶴齡, 『杜工部詩集輯注』

顧宸, 『(辟疆園)杜詩註解』

金聖歎, 『杜詩解』

盧元昌, 『杜詩闡』

張溍, 『杜工部詩集註解』

吳見思, 『杜詩論文』

津阪東陽, 『杜律詳解』

楊倫, 『杜詩鏡銓』

仇兆鰲, 『杜詩詳註』

陳廷敬, 『杜律詩話』

浦起龍, 『讀杜心解』

紀容舒, 『杜律詳解』

張遠, 『杜詩會稡』

黃生, 『杜工部詩說』

邊連寶, 『杜律啓蒙』

顯常, 『杜律發揮』

施鴻保, 『讀杜詩說』

王維楨, 『杜律頗解』

盧世㴶, 『杜詩胥鈔』

史炳, 『杜詩瑣証』

沈德潛, 『杜詩偶評』, 『唐詩別裁』

五家評本, 『杜工部集』

<국역서>

陳甲坤, 『杜律詳解』(上), 푸른사상사, 2004.

이영주, 강성위, 홍상훈 역해, 『두보율시』, 명문당, 2005.

이관성, 『두시경전』1-4, 문진, 2013.

우지영, 『우주두율』, 보고사, 2017.

강민호·김준연·이주영 등, 『(정본완역) 두보전집』 1-11, 2012-2024.

(2) 기타

李攀龍, 『唐詩集註』
方回, 『瀛奎律髓』
高棅, 『唐詩品彙』
陸時雍, 『唐詩鏡』
胡應麟, 『詩藪』
陸游, 『入蜀記』
黃永武輯, 『杜詩叢刊』, 臺北大通書局, 1974.
鈴木虎雄, 『杜甫全詩集』, 日本図書, 1978.
未詳, 『杜律遺響』(국립중앙도서관 古3715-179)

(3) 저역서

王力, 『漢語詩律學』, 上海敎育出版社, 1958.
송용준 역, 『중국시율학』, 소명출판사, 2007.
簡明勇, 『杜甫七律研究與箋注』, 臺灣五州出版社, 1973.
이병주, 『두보, 시와 삶』, 민음사. 1993.
이영주 외, 『死不休, 두보의 삶과 문학』, 서울대학교출판문화원, 2012.

(4) 학위논문

소순중, 「杜甫詩 研究- '杜律虞註'의 構成과 文體的 特徵을 中心으로」, 전
　　　　주대 석사논문, 1999.
崔南圭, 「杜甫律詩的類型以及對干中韓詩人的影響」, 南京大 박사논문, 2000.
김준연, 「唐代 七言律詩 研究 - 形成과 發展 過程을 中心으로」, 서울大 박
　　　　사논문, 2001.
노우정, 『杜甫七言律詩研究』, 이화여대 석사논문, 2003.
金斗根, 「杜甫七言律詩形式研究」, 韓國外國語大 박사논문, 2008.
金蘭花, 『두시언해』의 수사법 연구, 성균관대학교 동아시아학술원 박사논

문, 2012.

(5) 일반논문

葉嘉瑩, 「論杜甫七律之演進及其承先啓後之成就」, 河北敎育出版社, 1997.

金啓華, 「論杜甫的拗体七律」, 杜甫硏究學刊 J2, 1998.

崔南圭, 「杜甫 七言律詩의 類型과 <吳體> 律詩 硏究」, 중국인문과학 Vol.19, 1999.

葛景春, 「杜甫与唐代中原作家群体」, 中州學刊 J2, 2011.

富山敦史, 「夔州における杜甫「拗体七律」の試み」 奈良敎育大學國文 : 硏究 と敎育 35권, 2012.

金蘭花, 「『杜詩諺解』對偶硏究(1)(2) – 從與『杜律分類』地卷的比較入手」, 수 사학 Vol.18(19), 2013(2014).

鄺健行, 「論吳體和拗體的貼合程度」, 詩賦與律調, 1994.

강민호, 「杜甫 七言排律의 특성과 한계」, 中國文學 Vol.93, 2017.

권정희, 「杜甫 詩에 대한 비평의 양상과 특징」, 동방한문학 30호, 2018.

김준연, 「杜甫 前後期 七律 비교 연구」, 중국어문논총 Vol.47, 2010.

南星祐, 「杜詩諺解의 同義語 硏究」, 한국어사 연구 Vol.6, 2020.

朴柔宣, 「杜甫 詩韻을 통해 본 用韻 硏究의 方法小考」, 인문학논총 Vol.12, 2007.

엄귀덕, 「두보 율시의 어법적 생소화」, 인문학연구 Vol.50, 2014.

윤석우, 「杜甫 <秋興八首>의 테마 分析」, 중국어문학논집 Vol.90, 2015.

李永朱, 「杜詩 異題連作詩의 章法 고찰」, 중국문학 Vol.30, 2018.

〃 , 「두시의 고체와 근체 융합 양상 고찰」, 東亞文化 Vol.56, 2018.

〃 , 「杜詩의 句法과 字法 연구」, 중국문학 Vol.40, 2003.

〃 , 「압운과 장법의 상관성 고찰 –杜詩를 중심으로」, 동아문화 Vol.44, 2006.

李賢熙, 「언해자료『杜律分類』와『杜草堂詩』에 대한 고찰」, 奎章閣 제21집,

　　　　1998.

陳甲坤, 「杜甫律詩形式研究 （Ⅰ） - 平仄과 拗體를 中心으로」, 어문론총
　　　　Vol.31, 1997.

최석원, 「清代 문인들의 杜詩 해석에서 나타나는 전통과 변화의 혼재『杜詩
　　　　詳註』, 『讀杜心解』, 『杜詩鏡銓』를 중심으로」, 인문과학연구논총
　　　　Vol.38, 2014.

　　〃　, 「杜甫 일대기의 재구성, 杜甫年譜 제작의 역사와 그 의미」, 중국문
　　　　학 Vol.90, 2017.

최우석, 「심(沈), 송(宋) 율시(律詩)와 두보(杜甫) 초기(初期) 율시(律詩)의
　　　　비교 고찰」, 중국어문학지 Vol.25, 2007.

홍재현, 「杜甫 七言律詩 拗體에 대한 검토, 中國人文科學 Vol.52, 2012.

⑹ 참고 사이트

- 台灣師大圖書館<寒泉>古典文獻全文檢索資料庫
　(http://skqs.lib.ntnu.edu.tw/dragon)
- 中國哲學書電子化計劃 (https://ctext.org)
- 搜韻 (https://sou-yun.cn)
- 國學大師 (http://www.guoxuedashi.net)
- 한자박사 (http://www.hanjadoc.com)